edição brasileira© Ayllon 2024
tradução do romeno© Fernando Klabin
posfácio© Luis S. Krausz

título original *Vizuina luminată: Jurnal de sanatoriu* (1971)

edição Suzana Salama
assitência editorial Julia Murachovsky
revisão Raquel Silveira
capa Lucas Kroëff

ISBN 978-85-7715-835-5

Dados Internacionais de Catalogação na Publicação (CIP)
(Câmara Brasileira do Livro, SP, Brasil)

Blecher, Max, 1909–1938

A toca iluminada. Max Blecher; tradução de Fernando Klabin; posfácio de Luis S. Krausz. 1. ed. Título original: *Vizuina luminată: jurnal de sanatoriu*. São Paulo, SP: Ayllon, 2024.

ISBN 978-85-7715-835-5

1. Ficção romena I. Título.

23-172920   CDD: 859.3

Elaborado por Eliane de Freitas Leite (CRB 8/ 8415)

Índices para catálogo sistemático:
1. Ficção: Literatura romena (859.3)

Esta obra foi fomentada pelo
Programa de Apoio à Tradução e Publicação
do Instituto Cultural Romeno (TPS).

Grafia atualizada segundo o Acordo Ortográfico da Língua
Portuguesa de 1990, em vigor no Brasil desde 2009.

Direitos reservados em língua
portuguesa somente para o Brasil

AYLLON EDITORA
Av. São Luís, 187, Piso 3, Loja 8 (Galeria Metrópole)
01046–912 São Paulo SP Brasil
Telefone/Fax +55 11 3097 8304
editora@hedra.com.br

www.hedra.com.br

Foi feito o depósito legal.

A toca iluminada
Diário de sanatório

Max Blecher

Fernando Klabin (*tradução*)
Luis S. Krausz (*posfácio*)

1ª edição

São Paulo   2024

Max Blecher (1909–1938) nasceu em Botoşani, Romênia, filho de bem-sucedidos comerciantes judeus do ramo da porcelana. Cursou o liceu em Roman, e em 1928 matriculou-se no curso de medicina da Universidade de Rouen, na França, que abandonou pouco tempo depois por conta de uma tuberculose óssea. Os médicos imediatamente o despacharam para um sanatório em Berck-sur-Mer, na costa francesa do Canal da Mancha. Em 1933, foi encaminhado para tratamento em Leysin, nos Alpes suíços, e de lá para Techirghiol, na costa romena do Mar Negro. Finalmente, ao concluir que os sanatórios não poderiam ajudá-lo, voltou para Roman, a cidade onde vivia sua família. E lá faleceu, em 1938. A década de internações lhe rendeu produção vasta: correspondeu-se com André Breton, líder do movimento surrealista francês, com os escritores romenos Mihail Sebastian e Ilarie Voronca e com o filósofo alemão Martin Heidegger, e escreveu os livros *Corpo transparente*, *Corações cicatrizados* e *Acontecimentos na irrealidade imediata*, além de *A toca iluminada*.

A toca iluminada (1971) é o último romance de Max Blecher, publicado postumamente. A matéria fundamental desta obra autobiográfica é a experiência do autor em internações durante os anos 1930. À debilidade do corpo, à falta de mobilidade, ao desconforto e à dor corresponde uma vida interior agitada, nos vários sentidos da palavra, que Blecher registra febrilmente em primeira pessoa. Mesmo fora das instituições hospitalares, o narrador vive nas fronteiras do isolamento, de cujas bordas tenta aproximar-se. Para ele, *mundo real* e sanatório são sobreposições de lugares estranhos, nos quais a rotina e as tentativas de levar uma vida normal não fazem sentido em meio à atmosfera impregnada de morte — dado que muitos dos pacientes, incluindo ele próprio, são terminais.

Fernando Klabin nasceu em São Paulo e formou-se em Ciência Política pela Universidade de Bucareste, onde foi agraciado com a Ordem do Mérito Cultural da Romênia no grau de Oficial, em 2016. Além de tradutor, exerce atividades ocasionais como fotógrafo, escritor, ator e artista plástico.

Luis S. Krausz é professor de Literatura Hebraica e Judaica da Universidade de São Paulo (USP), ensaísta e tradutor. Publicou livros como *Entre exílio e redenção: aspectos da literatura de imigração judaico-oriental* (2019) e *Santuários heterodoxos: heresia e subjetividade na literatura judaica da Europa Central* (2017).

Sumário

A TOCA ILUMINADA. 7

APÊNDICE. 135

Posfácio, *por Luis S. Krausz* 137

A toca iluminada

I

Tudo aquilo que escrevo foi, um dia, vida real. Mas, sempre que penso isoladamente em cada instante que passou e tento revê-lo, reconstituí-lo, ou seja, restabelecer sua luz específica, sua tristeza ou sua alegria específica, a impressão que ressurge, antes de qualquer coisa, é a da efemeridade da vida que se escoa e, em seguida, a da completa ausência de valor com que esses instantes se integram naquilo a que chamamos, em poucas palavras, de existência de uma pessoa. Seria possível dizer que as lembranças da memória desbotam do mesmo modo como as que conservamos numa gaveta.

Em que consistiria, portanto, o valor de um instante que é ainda presente? Experimentemos, pois, uma intensa vivência no instante do qual fazemos parte e que "ocorre" no momento atual, dado que sabemos que o tempo vai obliterar o seu significado por completo. Então, vivamo-lo com intensidade… Mas em que consiste o seu significado? Que sentido ele tem? Quando passo a tarde no jardim, debaixo do sol, e fecho os olhos, quando estou sozinho e fecho os olhos, ou quando, no meio de uma conversa, passo a mão no rosto e cerro as pálpebras, reencontro sempre a mesma escuridão que hesita, a mesma caverna íntima e conhecida, a mesma toca morna e iluminada por manchas e imagens turvas, que é o interior do meu corpo, o conteúdo da "pessoa" que sou "aquém" da pele.

Lembro-me de uma certa tarde impressionante, e de um acontecimento irrelevante, quase banal, que me fez pensar por muito tempo naquilo que se chama significado de um instante. Significado de um instante? Deixem-me rir. Os instantes da nossa vida têm o significado das cinzas que passam por uma peneira.

Mas eis o acontecimento.

No refeitório dos doentes do sanatório de Berck,[1] onde jazia internado e onde os doentes comiam estendidos em carrinhos trazidos à mesa por maqueiros, naquele vasto salão de aparência normal, qualquer nova aparição produzia sempre um pequeno interesse que não era senão o reflexo das longas horas de tédio e solidão nos quartos fechados. Era impossível não olhar, com grande curiosidade, para o recém-chegado, acompanhado da família, tentando por força adivinhar sua doença, a gravidade do seu estado e, sobretudo, se seria ou não um novo amigo ou um "indiferente" que em nada participaria da vida do sanatório, a não ser pelo fato de que participaria, com os outros doentes, das refeições, no mesmo refeitório, ou ficaria esticado no carrinho do lado de fora, no jardim, à sombra do mesmo toldo desbotado pela chuva.

Lembro-me perfeitamente daquele jovem recém-chegado, rodeado pela família, uma mãe idosa, vestindo luto, e duas irmãs de faces queimadas pelo sol e quase violeta de tanto sangue, num estranho contraste com a palidez e a fraqueza do doente, com a cabeça perdida entre os travesseiros, rosto chupado, seco e amarelo como se modelado em cera.

Comentei com meu vizinho de mesa o estado do doente. Era decerto grave, e as informações trazidas por outro amigo, que flagrara no corredor fragmentos da conversa do diretor com a enfermeira-chefe, confirmaram por completo as nossas suspeitas: o doente tinha fístulas abertas, que escorriam com abundância e sem cessar. Com certeza não chegaria até o fim do verão. Fitamo-lo então com curiosidade ainda maior, com interesse ainda maior. Curioso sentimento de egoísmo, de segurança e, não sei como, de uma pequena perfídia moral ao fitar um doente, sabendo que em pouco tempo haveria de morrer, enquanto ele mesmo não fazia a mínima ideia.

---

1. Berck-sur-Mer ou Berck-Plage, balneário marítimo da costa do Oceano Atlântico, no norte da França, no departamento Pas-de-Calais, conhecido pelas instituições de tratamento médico, especializadas sobretudo em tuberculose óssea. Max Blecher, doente de tuberculose, passou ali três anos, entre 1928 e 1932. [N. T.]

Diversas vezes me aconteceu de conhecer tais casos desesperados, condenados de antemão. Num sanatório na Suíça, uma velha alemã, corroída por um terrível câncer do pâncreas, sobre o qual ela nada sabia (sempre dizia ter "um pouco de acidez estomacal que provoca ardores após a refeição"), ou ainda uma jovem que, alguns dias antes de ser operada (o que ainda não lhe haviam anunciado), planejava uma viagem ao sul da França, enfim, diversos outros casos em que aqueles em torno do doente conhecem seu estado extremamente grave, enquanto ele, ignorando tudo, continua vivendo numa leve vertigem e na inconsciência de todas as suas preocupações cotidianas e insignificantes.

Pois então, em todos esses casos era fácil constatar que os doentes em derredor, que estavam a par, nutriam não sei que tipo de satisfação mesquinha e perversa de "saber enquanto o doente condenado tudo ignora", e isso lhes dava a sensação de uma cômoda segurança interior, aquela sensação de conforto mesquinha que sempre temos ao descobrir sobre um acidente num lugar em que nós mesmos poderíamos estar, e que sublinhamos com um leve arroto íntimo: "Que bom que não era eu". No caso dos doentes, "que bom que não estou no lugar dele, coitado" (nesse caso, "coitado" é acrescido como uma sofisticação a mais na pequena perfídia, bem como para a salvação da nossa íntima pessoa moral).

Com grande aperto no coração observei, portanto, aquele recém-chegado de olhar cândido e gestos flácidos, de braços finos e dedos longos e delgados, os quais ele passava de vez em quando com um lenço pela testa, para secar o suor que o cobria. Ainda hoje o vejo diante de mim, na sua bata cinzenta, demasiado larga para seus braços fracos e fininhos como os palitos que substituem as mãos dos bonecos de madeira. Lembro-me também da íntima sensação de segurança mesquinha que me invadia, junto com todos os outros... aquela mistura de dó e satisfação com que o analisava no refeitório... Aliás, ele só compareceu por alguns dias, desaparecendo em seguida, e talvez eu o teria esquecido por completo caso não houvesse acontecido com ele aquilo que desejo aqui relatar.

Num daqueles dias, meu médico avisou que eu deveria passar por uma operação. Seria uma intervenção bastante grave e séria, sobre a qual falarei mais adiante. A fim de ser mais bem tratado nos dias posteriores à intervenção, e para poder me encontrar sob uma supervisão mais direta e mais atenta, tiveram que me transferir para um dos quartos do térreo, que ficavam ao lado da clínica de operações e curativos, e que eram reservados aos doentes graves como também aos operados. Era um corredor soturno e silencioso, um lugar "secreto" e isolado do resto do edifício do sanatório, onde ocorriam coisas graves e, em especial, para onde eram levados os moribundos, a fim de serem assim suprimidos à curiosidade dos outros doentes, que poderiam se deprimir diante de acontecimentos tão tristes.

Nos quartos daquele corredor se passavam todos os atos finais e trágicos do sanatório, nos quartos daquele corredor se consumiam todos os dramas e dores, ali chegavam ao fim todos os gemidos de sofrimento dos doentes e o choro sufocado dos familiares dos mortos. Ao passar por ele todo dia para os curativos, eu o atravessava inteiro, de modo que via com frequência uma ou outra mulher de luto diante de uma porta, com os olhos avermelhados de tantas lágrimas, com o lenço na boca num gesto de dor, enquanto as enfermeiras e os maqueiros, do lado de dentro, cuidavam de preparar o morto... Noutras vezes, espalhava-se pela sala um cheiro meio sufocante e fedido de vapores de enxofre, e então sabíamos que, num daqueles quartos, se realizava a desinfecção final.

Eram quartos mobiliados em estilo simples, sem tapete e sem cortina, com camas hospitalares brancas e janelas amplas que davam para o pátio. Ocupei um deles na véspera da operação. Já entardecia, e logo seria a hora da refeição. Naquele dia, não fui levado ao refeitório, pois tinha de me manter em jejum por causa da operação. Fiquei sozinho no quarto, todos os meus amigos foram levados para comer e não veio nenhuma enfermeira acender a luz; fiquei, portanto, no escuro, de olhos entreabertos, esperando. Naquela escuridão e naquele silêncio, cada barulho na clínica se destacava de modo claro e significativo. Ora se ouviam os passos das enfermeiras, ora os passos pesados dos maqueiros, que levavam e traziam da clínica os doentes enfaixados (os com curativos mais complicados, que exigiam maior atenção, eram levados para a clínica; os curativos mais simples eram feitos nos quartos), e, vez ou outra, o sinistro, forte e ensurdecedor sinal elétrico da clínica, que chamava os maqueiros quando atrasavam demais no interior do sanatório. Naqueles dias em que fiquei no meu quarto de operado, tantas vezes ouvi e com tanta intensidade senti a pulsação do sinal elétrico, com aquele zunido, enlouquecido e trovejante, que brotava do silêncio profundo como um punhal de ruído na escuridão, que muitas vezes desde então, de volta ao meu quarto, despertava no meio da madrugada, assustado e encharcado de suor, sob a impressão de um terrível pesadelo em que ressoava, invariavelmente, aquele mesmo sinal assustador que parecia anunciar o meu fim ou o momento da minha execução.

No silêncio assim interrompido por aquela campainha horrenda, permaneci no meu quarto, procurando discernir, à luz tênue que vinha de uma lâmpada no pátio, os móveis e os elementos decorativos em meio aos quais eu me encontrava, quando de repente, no quarto ao lado, ouvi o rumor de passos e de diversos sussurros, que me indicaram haverem entrado ali várias pessoas. Ademais, no mesmo momento percebi que meus vizinhos acendiam a luz. Fui capaz de perceber isso pelos raios que penetravam pela fresta de cima da porta de comunicação entre os dois quartos, insuficientemente disfarçada por um cabide. Ouvia-se de maneira distinta e bem definida cada som do outro lado, tratava-se de um doente que voltava dos curativos; ouvi como os maqueiros o puseram de volta em seu lugar e deixaram o quarto e, em seguida, a conversa aos sussurros entre os que haviam ficado, provavelmente os parentes do doente. O doente respondia baixinho, devagar, com palavras ofegantes e a respiração tomada pela fraqueza. Poucos minutos depois, quando uma enfermeira veio acender a luz e me preparar para dormir, perguntei-lhe quem estava no quarto ao lado, e descobri que era o doente acompanhado pela mãe e as irmãs que eu tinha visto alguns dias antes no refeitório.

— Está muito mal — acrescentou a enfermeira. — Suas fístulas escorrem como uma torneira de água, e tenho a impressão de que ultimamente tem alguma coisa também nos pulmões.

De fato, no instante seguinte arrebentou do quarto ao lado uma tosse seca e comprida, com estertores vindos do fundo da garganta, como quando alguém se sufoca ou se engasga bebendo e o líquido vai para a traqueia. O doente tossia, estertorava e cuspia sem parar. Ouvia-se sua respiração breve, cada vez mais apressada e hesitante, depois se acalmou um pouco e pediu para beber água.

Pelo resto da noite ouvi diversos outros ruídos, o doente foi acometido por assombrosos acessos de tosse, depois o cansaço me fez adormecer e só fui despertar com a alvorada, emergindo bruscamente do sono, como se um aviso secreto do meu subconsciente me lembrasse de que era o dia da minha operação. Em que atmosfera sombria e triste se deu o meu despertar! Meu coração batia forte, estava com fome, extenuado, deprimido, e a luz daquele amanhecer me parecia a mais triste e mais amarga de toda a minha vida. Minha operação deveria ser às dez da manhã e eu já estava acordado às cinco, hora em que a clínica nem estava aberta ainda…

Deixarei de lado os detalhes da operação, porque não é isso o que eu quero aqui contar. Algumas horas após ser trazido de volta da sala de cirurgia, jazi na mais absoluta inconsciência. Lembro-me apenas de não sentir dor nenhuma e de flutuar num desmaio inefável que roía o meu peito e me impedia de me agregar a uma sensação, mais densa e mais segura, de realidade. Finalmente, porém, meu despertar seu deu por completo. Comecei a sentir todas as dores que haviam permanecido caladas até então e que, agora, uma a uma, despertavam, cada uma com sua acuidade e sua forma bem definidas, aqui fortes contrações como apertos de alicate, acolá aguilhoadas intermitentes e profundas e, nas pernas, por causa da posição de longa imobilidade em que me encontrava, um zumbido intenso, com milhares de pontos ardidos que se espalhavam por baixo da pele como se inúmeras máquinas de costura, num ritmo febril, dilacerassem minha carne com suas agulhas. Mas a sensação mais insuportável era a de uma sede torturante, que me secara completamente a garganta. Na boca, na garganta, em todo o corpo eu parecia sentir a aridez daquela sede, que me preenchia com uma espécie de cinza insossa, de uma consistência seca e morna.

Era inútil, porém, pedir para beber água. Não podia beber por seis horas e, passado esse tempo, era-me consentida apenas uma única colherzinha. Estava fraco demais para insistir, para implorar à enfermeira, mas, no final das contas, compreendi que, como eu havia sido sedado com clorofórmio, a água poderia me fazer muito mal e prolongar meu mal-estar. Decidi esperar, mas, alguns instantes depois, estava de novo pedindo para beber; por mais lógicos que fossem meus raciocínios internos, eles eram logo derrotados pelo calor suave e extenuante da sede. Todas as frases de incentivo que eu criava para mim mesmo tornavam-se também mornas, ressequidas e áridas, só aumentando aquele suplício com uma espécie de vertigem lógica a mais, com uma espécie de delírio repleto de raciocínios e argumentos médicos, sobre os quais se polvilhava, miúda, a cinza insípida da minha sede devoradora.

À minha frente, em cima da mesa, estava a garrafa d'água, iluminada por um raio de sol que se esgueirava pela vidraça sem cortina. É certo que, se estendesse um pouco a mão, eu poderia alcançá-la. No quarto, no entanto, havia também uma enfermeira que não me deixava sozinho um único instante; sentada na cama, lia o jornal. Era o início de uma tarde triste e tediosa. No quarto desprovido de móveis, imperava a atmosfera insuportável e opressora daqueles momentos de monotonia em que nada acontece e ninguém nada espera.

De repente, ouvi sussurros e uma tosse conhecida no quarto ao lado. Recordei-me do doente que estava ali e perguntei à enfermeira como ele se sentia. Ela me contou que estava muito mal, e que, naquele momento, havia chegado um padre para a comunhão. De fato, agora que sabia do que se tratava, os sussurros tornaram-se mais inteligíveis, e pude reconhecer a voz do padre, impelindo o doente a realizar aquele último gesto de religiosidade, enquanto o doente recusava com teimosia, protestando durante as pausas que a tosse de vez em quando lhe dava:

— Por favor... deixe-me em paz... tenho minhas próprias convicções...

E como a voz do padre se tornava suplicante, o doente retomou:

— Por favor, me deixe... não vejo necessidade em comungar...

Até hoje essas palavras ressoam na minha mente, assim como foram pronunciadas em plena calma, seriedade, dignidade e autoconsciência: "não vejo necessidade alguma".

Em vão insistiam também os familiares: o doente se recusava. O padre, finalmente, decidiu ir embora. Nisso, um acesso de tosse extremamente violento se apoderou do doente, sufocando-o por completo, os estertores se tornaram sinistros e os escarros no lenço, mais frequentes.

— Está escarrando o último pedacinho do pulmão — disse-me a enfermeira, com a cabeça enfiada no jornal. E continuou, no mesmo tom:

— Marlene Dietrich vem a Paris... queria muito vê-la...

Minha cabeça latejava de forma atroz, de sede, de fraqueza, e talvez por causa da febre que começava a subir. Tudo o que eu ouvia, tudo o que ocorria no quarto ao lado mergulhava numa vertigem e numa perplexidade intensa: conhecia bem o valor de cada palavra e compreendia o que a enfermeira me dizia, compreendia também, muito bem, o que estava acontecendo ao lado, mas tudo se apresentava descosturado e inconsistente, cada palavra destacada da outra, cada fato isolado do seguinte como um amontoado de pedras num saco. Faltava-me a ligação vital entre eles, aquele fio que me daria a sensação de que tudo estava coagulado e que eu estava vivendo tudo aquilo que ocorria ao meu redor. Era menos que "assistir" a algo, era como se pedaços de realidade caíssem por um instante dentro do quarto e, depois, se evaporassem, era como se, naquela tarde, alguém tivesse arrumado, num quarto vazio, uma cama, um doente, uma enfermeira, algumas cadeiras, uma porta de comunicação, um padre, um moribundo e, agora, uma mão gigantesca movia os cordéis e as marionetes representavam a sua peça: "Comunhão... necessidade... Marlene... água...".

Sentia um zumbido na cabeça como se estivesse dentro de uma colmeia. Por algum tempo permaneci mergulhado na confusão e no caos com o olhar fixo, agarrado a um ponto fixo do teto. No quarto ao lado, o silêncio de novo reinava e o doente de novo se acalmara, mas, pelos sussurros inquietos das pessoas saudáveis que ali se encontravam, assim como por outros sinais, como a precipitação com que alguém saíra do quarto para chamar uma enfermeira, compreendi que a situação se tornara extremamente grave. No mesmo momento, porém, senti que, sob as cobertas que me cobriam, algo incomum ocorria. Num determinado lugar, que identifiquei vagamente como o lugar da cirurgia, as dores haviam cessado por completo e, agora, sentia uma espécie de umidade quente invadindo-me e escorrendo como um pequeno eflúvio morno na direção dos pés.

Avisei a enfermeira, que afastou as cobertas e examinou o curativo com atenção.

— Vou chamar a enfermeira-chefe — disse ela após um longo silêncio.

— Do que se trata? — perguntei, inquieto.

E como ela não respondia, insisti.

— Acho que é uma pequena hemorragia — disse ela, com uma hesitação na voz —, o sangue atravessou o curativo e talvez tenhamos de colocar na parte de baixo um pedaço de borracha, para não manchar o lençol. Por favor, não se mexa até eu voltar...

E ela deixou o quarto às pressas, deixando-me sozinho, com as cobertas desfeitas.

Agora comecei a prestar atenção de novo ao que se desenrolava no quarto ao lado, pois ouvi lá a voz da enfermeira-chefe, e isso significava que, sem conseguir a minha vigilante encontrá-la na clínica, eu ainda teria que passar muito tempo naquela posição incômoda.

De repente avistei a garrafa d'água em cima da mesa. Estava sozinho.

Sabia muito bem que, se bebesse, meu estado poderia se agravar, sofreria de vômitos e todo tipo de outras coisas desagradáveis. Mas a sede era demasiado torturante... Estendi a mão o quanto pude, com um pequeno gesto que me fez soltar um "ai", pois desarranjei o curativo, e com um esforço que derrotou o sofrimento, alcancei enfim a garrafa.

Naquele exato momento, o doente ao lado recomeçou a tossir. Era como se até aquele momento houvesse esperado, em silêncio, até que eu alcançasse a água para que ele então pudesse soltar a crise dominada.

Com um gesto ávido, agarrei o pescoço da garrafa e trouxe o gargalo à boca.

Creio que a vida por vezes se condensa em certos pequenos acontecimentos, tornando-se então dez, mil vezes mais pesada e mais intensa do que de costume, como aqueles núcleos de matéria estelar que flutuam pelos espaços astronômicos e sobre os quais nos dizem que sua matéria é mil vezes mais densa do que a do nosso planeta. E creio que uma tal condensação de vida, que só havia sentido raras vezes até então, ocorreu comigo ao levar a água à boca. Há coisas tão elementarmente simples, que não podem ser colocadas em palavras, e a sensação que experimentei ao beber o primeiro gole de água foi, com certeza, uma delas. Tentaria encontrar um qualificativo preciso e só consigo encontrar um único: enlouquecedora. Isso: era uma sensação enlouquecedora, uma sensação capaz de destruir os miolos e me fazer rir, ou chorar, fazendo caretas e dizendo semvergonhices como um maluco. Tinha ganas não de beber a água, mas de beijá-la. Lembro-me bem de como tentei "beijar" a água, contraindo os lábios e fazendo o líquido circular pela boca. Se naquele momento eu tivesse na mão um revólver carregado e alguém tentasse evitar que eu bebesse, acho que teria disparado sem pensar duas vezes, com a vontade, com a volúpia e com a tenacidade com que esvaziei metade da garrafa.

Ao recolocar o recipiente sobre a mesa, fiquei, por alguns segundos, tonto como um ébrio (e um eco banal, vindo da vida cotidiana, repetia abafado dentro de mim: "Embebedou-se com água"),[2] como se eu tivesse desembarcado de um redemoinho vertiginoso que, por muito tempo, me houvesse rodopiado no mesmo lugar até atingir o descontrole e o desmaio. Quantos anos tinha durado aquele gole d'água?

Era como se um longo tempo houvesse passado, longuíssimo, como se outra vida houvesse renascido em mim, como se, na sede saciada, eu houvesse abandonado meu próprio corpo seco e árido, um torso velho e exaurido, sobre o qual não tinha mais a mínima ideia.

Precisei de quase um minuto para me recobrar. E, ao fazê-lo, retornei à superfície da vida cotidiana, atravessando claridades cada vez mais brilhantes e costumes cada vez mais conhecidos.

Quando, por fim, recuperei a lucidez por completo, vi-me em meio a um silêncio profundo. Do quarto ao lado não vinha mais nenhum barulho; algo decerto acontecera, pois cessaram bruscamente a tosse do doente, que eclodira no momento em que alcancei a garrafa d'água, os sussurros dos que o circundavam, os passos, a respiração de todos. Era um silêncio de estupefação profunda. Não durou, porém, mais que alguns instantes, pois logo uma mulher rebentou em prantos, e depois outra, enquanto se ouvia a enfermeira lhes pedindo que saíssem. Mas elas protestavam e continuavam chorando — "quero vê-lo ainda, deixe-me vê-lo ainda", e o choro se tornou mais dilacerante, impossível de dominar.

Compreendi o que ocorrera, não havia dúvida de que o doente morrera bem naquele momento.

Era uma tarde banal e insignificante, triste e monótona em seu curso tedioso. No meu quarto nada mudara, o raio de sol que penetrava pela vidraça se moveu da mesa para um canto da parede, a garrafa d'água da qual bebera estava de novo em seu lugar, e eis que naquele intervalo miúdo de tempo que o raio de sol precisou para se mover alguns centímetros e eu cometi a simples ação de beber água para matar a sede, eis que naquele instante aconteceu,

2. Expressão popular romena que significa iludir-se, enganar-se. [N. T.]

para uma pessoa, o fato mais grave e mais essencial da sua existência: morrera. Por um instante, permaneci confuso, sem conseguir analisar a importância do ocorrido, mas, quanto mais passava o tempo e quanto mais eu tentava penetrar em sua verdadeira profundidade, mais tive de constatar que permanecia mergulhado na banalidade e na simplicidade da tarde, e que nada me ajudava a penetrar e a compreender em que consiste a gravidade do instante em que uma pessoa morre. E, apesar de tudo, aquele não era um acontecimento qualquer, por cima do qual se pudesse passar com facilidade, resolvendo-o com uma frase cética ou com um erguer de ombros, pelo menos assim então me parecia.

No que exatamente consiste o valor de um instante? Em que se podem reconhecer sua profundidade e irreversibilidade definitivas? Em que se diferencia o instante em que uma pessoa morre de outros instantes, em que só acontecem fatos simples e banais? Mas em cada instante acontecem fatos graves e fatos banais e o cenário permanece o mesmo, com a mesma luz vespertina, a mesma temperatura morna do corpo trancado no seu saco de pele. E quando fecho os olhos, a mesma escuridão domina as pálpebras e as visões de sempre me invadem: sérias, simples, alucinantes, extraordinárias ou hilárias, mas todas, absolutamente todas desconectadas do fato de uma pessoa morrer. E assim por diante a cada momento... a cada momento... Desalentador!

Penso com frequência na minha própria morte e tento, com paciência, precisão e até mesmo com certa minúcia, estabelecer suas cores exatas, a maneira precisa como vai "acontecer" e imagino facilmente vários quadros, dores diferentes ou quedas de inconsciência. Eis-me agora de boca entreaberta, sem conseguir fechá-la e incapaz de engolir uma única tragada de ar no peito, como se o volume de ar se detivesse na abertura da minha boca e o seu caminho se tornasse impossível (diria que o ar ali chegou num beco sem saída ou no ponto final). Eis a visão de um misto de cores, luzes e sons que se tornam cada vez menos nítidos e em meio aos quais continuo caindo até um instante em que eu poderia facilmente dizer que se fez uma escuridão absoluta, mas na qual ocorreu algo mais nítido e mais denso do que a escuridão e do que qualquer ausência de sensações que possa ser definida por palavras, algo categórico, opaco e irremediável, sobretudo irremediável, em cujo conteúdo não mais me incluo, mas que me abarca radical e essencialmente até as profundezas mais escuras (as quais, no fundo, se pudessem ser comparadas àquele estado de inexistência, ainda seriam luzes) e me remove da existência, assim como aconteceu comigo quando aspirei o clorofórmio na mesa de operação.

Pois então, qualquer que seja meu próprio "modo", a dor ou a inconsciência da minha morte, ao meu redor tudo continuará fixado em formas e volumes bem definidos e, talvez, em algum lugar da rua, naquele momento, uma pessoa vai se deter, pegar uma caixa de fósforos e acender um cigarro. Eis porque nada entendo daquilo que se desenrola ao meu redor e continuo "caindo" na vida por entre acontecimentos e cenários, por entre instantes e pessoas, por entre cores e músicas, de uma maneira cada vez mais vertiginosa, segundo a segundo, cada vez mais profundamente, sem sentido, como num poço de paredes pintadas com fatos e pessoas, em que minha "queda" não passa de uma simples passagem e uma simples trajetória pelo vácuo, constituindo no entanto aquilo que, de modo bizarro e injustificado, poderia se chamar "viver minha própria vida"...

Para acrescentar mais um detalhe ao acontecimento que acima descrevi e para definir com maior exatidão a estranha diversidade dos fatos quotidianos, acrescento que, naquela mesma tarde, pude perceber, de maneira certamente um pouco grotesca, a falta de importância da morte do meu vizinho e as diferentes reações que aquele ato sério e trágico produziu no sanatório.

Naquela mesma tarde, assim, mais para o anoitecer, um amigo próximo veio ver como eu estava passando. Estávamos os dois no quarto e conversávamos aos sussurros quando ouvimos, no quarto ao lado, diversos ruídos, maqueiros e enfermeiros falando alto, dando ordens e mudando móveis do lugar.

— Quem está no quarto ao lado? — perguntou meu amigo.

— Agora, ninguém — respondi. — Você com certeza se lembra daquele doente amarelo como cera que comeu uns dois dias no refeitório junto com a mãe e duas irmãs coradas, fortes; ele ficou ali até hoje à tarde, quando morreu. Creio que o estejam lavando agora, e o preparam para a remessa de amanhã cedo.

Permanecemos em silêncio por alguns instantes, ouvindo o que se passava no quarto ao lado e, em seguida, meu amigo rompeu num leve riso.

— Por que o riso? — perguntei.

— Entendo, agora entendo — respondeu. — Fiquei admirado com a generosidade da patroa...

E então ele me explicou que, naquele momento, todo o mundo estava à mesa, mas, ao vir me visitar, passara diante do "escritório" em que se preparavam os pratos a serem servidos e, por acaso, parou por um instante diante da porta aberta, flagrando um fragmento de conversa entre a esposa do diretor, que chamávamos de "patroa", e que tratava de tudo o que se relacionava à cozinha e às refeições dos clientes, e o garçom do refeitório.

— Sabe quais são — dizia-lhe a patroa —, é uma mulher vestida de luto e duas moças de faces coradas...

— Já sei — respondeu o garçom —, estão comendo do lado da janela.

— Por favor, Louis, atenção especial na maneira de as servir, sirva uma boa porção de aspargos, escolha os pedaços mais grossos...

E o meu amigo, após terminar de reproduzir esse pequeno diálogo:

— Está entendendo? A patroa quer fazer algo para consolar a família, e faz o que pode, manda lhes servir uma boa porção de aspargos grossos...

E depois de uma pausa:

— No fundo, cada um de nós nutre o mesmo respeito pelos mortos e pensamos quase a mesma coisa sobre eles. Mas consolamos a família como podemos... eis aqui um novo tema de reflexão pascaliana, uns consolam com flores, outros, com aspargos...

II

Nesta mera passagem pela vida, se acaso me escapam o sentido e a importância dos instantes, isso talvez se deva ao fato de que, a cada momento, eu mesmo lhes "escape", evadindo para um mundo fechado, secreto e próprio, na mais estrita intimidade. Talvez até, assim como penso, não haja nenhuma diferença entre o mundo exterior e o das imagens mentais. Não raro me ocorre ver, e ver de olhos bem abertos, coisas estranhas que só têm como acontecer em sonho e, noutras ocasiões, sonhar de olhos fechados durante o sono ou em simples devaneio coisas que, quando tento recordar, não consigo mais discernir em que mundo, em que realidade haviam se sucedido.

Creio que seja a mesma coisa viver um acontecimento ou sonhar com ele: a vida real de todos os dias é tão estranha e alucinante quanto a do sono. Se eu quisesse, por exemplo, definir de maneira precisa em que mundo escrevo estas linhas, seria impossível. Durante o sono, costumo sonhar com poemas de uma beleza fantástica, constituídos por frases límpidas e imagens inéditas, que recito com a mesma segurança com que escrevo esta frase, colocando uma letra ao lado da outra, e confesso que muitas imagens chegam até mim durante o sono e, quando acordo, seu eco persiste dentro de mim tão claro e insistente que não me resta senão pegar um pedaço de papel e transcrevê-las. Gosto também de acreditar que, no mundo do sono, haja ao menos uma plaquete de versos de minha autoria, que os adormecidos leem durante os pesadelos...

Com profunda e plena perplexidade olho em derredor, e a surpresa é absolutamente a mesma, mantenha eu os olhos abertos ou fechados.

Acompanho há anos, em sonho, uma ação que se repete no mesmo cenário, e que, caso a registre aqui, neste momento, ainda não poderia discernir bem em que metade da minha vida ela realmente se sucede, pois exatamente a mesma continuidade, ou melhor, a mesma descontinuidade da vida existe também nessa luz em que estou mergulhado enquanto escrevo, como naquela claridade do dia em que se desenrolam os fatos bizarros e melancólicos "do sonho". Mais melancólicos, na verdade, do que bizarros, e mais ininteligíveis do que alucinantes, assim como é tudo o que faço e tudo o que acontece na minha vida.

Naquele cenário de periferia urbana que toda noite visito há tantos anos, encontra-se um muro arruinado na beira de uma rua coberta de poeira no verão, cheia de buracos, onde costumo descansar. Atrás do muro, cresceu uma acácia comprida de copa espessa, que espalha uma sombra benfazeja no calor insuportável dos dias estivos. Estendo-me ali na grama, meio protegido por umas pedras enormes, restos do muro arruinado, e leio tranquilamente um jornal. Sinto-me bem, embora faça um pouco de calor. Quando passa o comerciante ambulante de sorvete, que atravessa esse trecho deserto rumo aos bairros pobres da cidade, onde abundam crianças, ele para o carrinho debaixo da sombra da acácia e me procura entre as pedras; ele já me conhece.

É um moço baixo, com um rosto perfeitamente indiferente, ao qual não consigo atribuir uma idade exata. Existe esse tipo de gente, em geral de baixa estatura, cujo rosto, tão logo deixa a adolescência, adquire de repente sulcos de maturidade e uma certa lisura da pele, que se mantêm até a velhice. É impossível adivinhar a idade dessa gente, ao longo de décadas o seu rosto ostenta a idade fixa de uma maturidade indefinível. Talvez o moço do sorvete esteja na flor da idade, e tenha colocado na boca, na parte da frente, um dente de ouro brilhante justamente para conferir ao rosto um elemento a mais de maturidade, ou talvez tenha colocado o dente de ouro como uma insígnia de propriedade, assim como há quem exiba uma insígnia na abotoadura, que indica alguma coisa, e no caso dele o dente, que ele é o dono do carrinho e que não deve ser confundido com um mascate vagabundo qualquer, uma vez que conseguiu juntar dinheiro suficiente para colocar um dente de ouro. Enfim, talvez o tenha por precisar dele.

Sempre penso nessas coisas todas quando converso com ele e quando ele, arreganhando os lábios, permite entrever, no canto da boca, o lampejo amarelo do pedacinho de metal. Eis, contudo, que, ao escrever tudo isto, lembro-me de que, durante o liceu, eu comprava, no verão, sorvete e, no inverno, halvá justo de um moço parecido, com quem, durante as aulas em que eu saía da classe e ficávamos os dois, encolhidos, dentro do mesmo barracão no pátio, esperando a hora do recreio, eu conversava muito e me admirava que tivesse um dente de ouro...

Talvez o vendedor do liceu seja o mesmo daquela rua empoeirada e deserta, mas então de que modo ele "vive", vendendo sorvetes tanto em sonho como na realidade? Com certeza são dois personagens diferentes. Apesar de se parecerem, sim, parecem-se espantosamente... Acho que seja o mesmo... não acho mais nada... começo a me confundir...

Sempre que tento delimitar o território do sonho e diferenciá-lo do da realidade, confundo-me e sou obrigado a desistir. Aliás, nem é isso que quero contar, mas certos fatos ocorridos há pouco tempo na periferia da cidade, naquela rua deserta, onde em geral nada acontece, fatos surpreendentes e extraordinários.

Na nossa cidade, poucos anos atrás, criaram uma seção de cães policiais, treinados, alimentados e mantidos na delegacia de polícia, com o intuito de auxiliar na captura de malfeitores. Nos jornais do ano passado publicaram uma série de fotografias dedicadas a essa seção, uma mais sugestiva e mais impressionante que a outra. Podiam-se ver cães escalando cercas com desenvoltura, cães farejando rastros com o focinho no chão e as orelhas em pé, outros saltando nas costas de um policial disfarçado de ladrão, mas com a cabeça coberta para não ser dilacerado pelas assustadoras presas desses animais bem treinados, porém ferozes no ataque. Via-os com frequência na rua, levados na coleira por um policial para sabe-se lá que missão. Para distingui-los completamente dos outros cães, eles envergavam uniformes especiais. Exato — aqueles cães tinham bonés com insígnias de policial e, atrás, uma espécie de roupinha com as iniciais P. S. num canto, ou seja, Polícia Secreta; as roupinhas eram muito bonitinhas, fabricadas com um esplêndido tecido azul do tom de um céu sereno, e as iniciais eram bordadas com fio de ouro. Eis algo que, sem dúvida, começa a ficar estranho.

Nas fotografias dos jornais, não vi os cães vestidos, nem compreendo muito bem que função poderiam ter aqueles uniformes, que mais atrapalhariam os seus movimentos rápidos e bruscos, além de que se rasgariam por completo depois de dois ou três saltos para escalar uma cerca. Para estabelecer a exatidão dessas coisas, não tenho nenhum método de pesquisa, mas admito que aqueles cães usavam uniforme. E, aliás, estavam de uniforme sempre que os via, só que... Mas preciso contar o que aconteceu...

Pois então, aqueles cães, no canil em que ficavam fechados e onde lhes davam de comer, comunicavam-se entre si por meio de breves latidos, leves raspadas na madeira das jaulas, batidas discretas nas paredes — que com certeza estavam imbuídos de um significado oculto, que só eles, contudo, conheciam —, não por acaso eram cães policiais, instruídos e treinados. Todo dia, eram soltos em diversos momentos, eram cuidados ou deixados livres para esticar os membros. Mas eis que, já há alguns meses, os homens policiais observavam algo incomum ocorrendo entre os cães policiais. Naquele momento, ninguém ainda suspeitava da sua linguagem secreta, e de que os latidos de quando estavam presos, as raspadas na madeira e as pequenas batidas com a pata eram, na verdade, mensagens transmitidas de jaula em jaula. Ademais, no pátio, em vez de brincarem como de costume, pularem e correrem contentes em todas as direções, eles se reuniam em grupos de dois ou três e juntavam os focinhos, como se conversassem misteriosamente por meio de pequenos gemidos, pequenos toques aos quais os homens policiais inicialmente não deram importância alguma, coisa de que haveriam de se arrepender algumas semanas mais tarde.

De fato, certo dia, a revolta eclodiu. Justamente enquanto lhes davam de comer; após os cães vigorosamente engolirem tudo o que lhes foi oferecido, após avidamente engolirem alguns goles de água gelada, ouviu-se um latido breve e autoritário, e dois cães se posicionaram na saída do pátio em que lhes davam de comer. Em um segundo, todos os outros cães rodearam os vigias que juntavam os restos de comida e, com latidos ensurdecedores, pulando e acossando-os por todos os lados, obrigaram-nos a se dirigir para as jaulas, no interior das quais foram enfiados, e as portas foram bem trancadas por fora, assim como quando dentro das jaulas ficavam cães, e não gente.

Em vão foram os gritos e protestos dos vigias, abafados pela avalanche de latidos, em vão foram suas tentativas de fugir. Eram severamente guardados por dois mastins de presas ameaçadoras e, ademais, os pobres homens estavam demasiado perplexos diante do que viam acontecer para tentar protestar.

Ao arrombarem a portinha do pátio, todos os cães tomaram de assalto os escritórios, atravessando as portas que eles mesmos abriam, assim como foram treinados, erguendo-se nas patas traseiras, ou as janelas que, naqueles dias de verão, ficavam abertas. E o que aconteceu com os vigias acabou acontecendo com o resto dos policiais. No total, havia uns oito policiais na delegacia, dois comissários, o diretor e uma datilógrafa, ao passo que os cães somavam mais de trinta e agiam de maneira metódica, com tática policial e tomando cuidado para surpreender as pessoas desprevenidas, antes que pudessem apanhar os revólveres e atirar. Haviam sido bem treinados, de fato muito bem treinados e, da mesma maneira que aprenderam a derrubar bandidos e vasculhar seus bolsos, mantiveram deitados no chão todos os policiais e, abocanhando suas armas, retiraram-nas dos bolsos e os desarmaram. Dentro de uma gaveta que um mastim abrira com o focinho, os cães encontraram algemas automáticas, que aplicaram rapidamente aos policiais deitados; uns estavam feridos, outros tinham sido mordidos profundamente, todos imobilizados por cães que mantinham as patas em cima de seus peitos e ventres.

Assim que todos tiveram mãos e pés algemados, foram arrastados para fora, abocanhados pelas roupas e levados às jaulas que, até uma hora antes, eram dos cães. E, assim como os vigias, foram mantidos trancados ali. Em seguida, quando um novo policial voltava da cidade, eles o espreitavam, deixavam-no entrar para então o derrubar como os outros, arrastando-o também para a jaula. Era fácil.

Por fim, ao anoitecer, os cães já dominavam a delegacia por completo. Na mesma noite, uma matilha foi enviada para buscar alimentos e, dado que os cães eram especialistas em ingressar em casas fechadas como verdadeiros policiais, um açougue foi devastado.

Nos dias seguintes, ninguém apareceu na polícia, nem mesmo o açougueiro furtado, que provavelmente tinha boas razões para não cruzar com os policiais. Ademais, quem é que se interessa, numa cidade interiorana, pelo que se passa na polícia? Alguns dias transcorreram da mesma maneira, os cães continuavam imperando nos cômodos da delegacia e, de madrugada, assaltavam açougues para se abastecerem. De modo que alguns açougues, e sobretudo algumas salsicharias bem aprovisionadas, foram devastados. Ao mesmo tempo, sem ser patrulhada, a cidade começou a sofrer com um aumento de furtos e assaltos. Algo havia mudado na cidade, e se formou uma delegação de cidadãos para se dirigir à polícia e realizar um protesto. Algumas pessoas entraram, e o resto ficou esperando do lado de fora.

E esse foi o fim dos cães. No que a delegação entrou no corredor, os cães de guarda começaram a dar o alarme, os dos escritórios começaram a pular, só alguns cães, no entanto, se fizeram presentes, enquanto os outros permaneceram estirados no chão e nos sofás, empanturrados com salames e salsichas, tendo se tornado gordos, preguiçosos e indiferentes. Foi fácil, portanto, para as pessoas se defenderem no corredor. Ademais, quem estava do lado de fora, ao ouvir os gritos e os latidos que vinham de dentro, entrou para ver o que estava acontecendo. Foi-lhes difícil conseguir passar sem serem abocanhados e escapar, não entendiam o que estava se passando com os cães ali; suspeitando, porém, de algo estranho, chamaram os bombeiros, que chegaram às pressas e, com mangueiras d'água, contiveram a situação e logo acorrentaram os cães. Em seguida, descobriram os policiais dentro das jaulas, que estavam famintos na mesma medida que fartos e empanturrados de comida estavam os cães. A ordem foi finalmente restabelecida, tudo voltou ao normal na delegacia e os cães foram punidos de maneira exemplar, assim como vou relatar.

Li todo esse informe da "revolta dos cães" nos jornais, como todo o mundo, em amplas reportagens, algumas cheias de exagero, assinadas por dezenas de jornalistas, enviados especialmente até a nossa cidade por parte das gazetas. Mas não era disso que eu queria falar, no entanto era indispensável narrar esses fatos para chegar àquilo que eu mesmo vi com meus próprios olhos, àquilo que me torturou e me inquietou até as raias da alucinação, roubando minhas horas de descanso num lugar onde eu acreditava estar refugiado do mundo e onde, até isso acontecer, costumava ficar horas a fio na mais completa solidão.

Disse, pois, que todos os cães foram punidos de maneira exemplar, por um tribunal de policiais, e a pena pronunciada foi a de morte por enforcamento, em lugar público, para dar o exemplo a outros cães por cuja cabeça poderia passar a ideia de se revoltar. E o lugar escolhido para instalar a forca foi justamente o muro arruinado na periferia da cidade, ali aonde eu ia com frequência durante o verão para descansar na grama, à sombra fresca e farfalhante da imensa acácia.

Eis que, um dia, ao chegar ali durante o entardecer, com o jornal embaixo do braço, contente de poder passar algumas horas sossegadas depois de um dia extremamente cansativo, encontrei, no lugar do costumeiro deserto, um grande ajuntamento de pessoas, inclusive crianças, gesticulando, falando alto, dando risada, gritando, todos barulhentos, todos agitados, comentando sobre algo excepcional que só podia ser o enforcamento dos cães. Ao me aproximar, vi todos os trinta com os olhos para fora das órbitas, as línguas dependuradas de maneira lamentável, como nos dias quentes em que as deixam moles, suspensas para fora. Estavam enfileirados ao longo do muro, pendendo de vigas com furos e cavidades por onde passavam as cordas. Todos os cães estavam vestidos com os belos uniformes azuis e com os bonés de policial na cabeça, mas as letras P. S. bordadas haviam sido arrancadas, provavelmente como sinal de rebaixamento, assim como se arrancam os galões dos militares que passam por uma séria condenação.

Nos dias seguintes, os cães não só ali permaneceram, como começaram a decompor, disseminando um cheiro horrível. Foi impossível continuar visitando aquele lugar, de modo que, após muito procurar, encontrei outro lugar de descanso, numa clareira rodeada por salgueiros às margens do rio que atravessa nossa cidade. É um lugar que ainda frequento. Cabe acrescentar que o moço do sorvete desempenhou também um papel importante nessa história. Avistei-o, um dia, acompanhado por vários policiais, numa rua secundária, empurrando o carrinho de sorvete. Era seu costumeiro carrinho, com enfeites de metal niquelado e o dizer "Hoje com dinheiro, amanhã sem dinheiro", escrito com letras de forma vermelhas e bem visíveis; dessa vez, porém, estava quase todo coberto por um tecido preto barato, como uma espécie de pequeno carro funerário. Algumas pessoas o acompanhavam e, ao procurar descobrir do que se tratava, fiquei sabendo que a polícia contratara o moço para levar, no carrinho, os cadáveres dos cachorros enforcados até o cemitério canino, onde haveriam de ser enterrados. Esse foi o último detalhe que testemunhei de toda aquela história.

III

TALVEZ devesse duvidar da realidade daqueles fatos e considerá-los sonhados, talvez devesse duvidar de sua exatidão, uma vez que, a meu ver, seu desenrolar parece tão lógico. Talvez a lógica em que tenham ocorrido seja tão somente inventada por mim durante a vigília… Mas a lógica das coisas é o último ponto de vista que me preocupa.

Posso até mesmo dizer que jamais me preocupou. Tudo o que acontece é lógico, uma vez que acontece e se torna visível, mesmo que ocorra em sonho, assim como tudo o que é inédito e novo é ilógico, mesmo que ocorra na realidade. Não dou, aliás, importância alguma a essa questão ao "rever" meus sonhos ou recordações. Sou antes de tudo atraído por sua beleza ou estranheza, pela sua atmosfera triste e calma ou pelo seu dramatismo doloroso e dilacerante. Oh, quantas coisas esplêndidas e enlouquecedoras vim a conhecer nos meus sonhos, ao lado das quais as pessoas passam todo dia sem ver! Pois mais perturbador e apaixonante é o fato de os aspectos mais comuns adquirirem, durante o sono (ou mesmo na vigília), aspectos inefáveis dos quais não consigo mais me desvencilhar… Vi, por exemplo, de uma determinada maneira a pracinha diante da agência dos correios em Bucareste e, desde então, passando duas vezes ali de automóvel, embora tivesse os olhos abertos, só conseguia vê-la branca e vermelha… e assim permanecerá para sempre.

… É uma pracinha banal, com o edifício dos correios com suas colunas e, do outro lado, a Caixa Econômica, com as mesmas lojas e o mesmo jardim, com transeuntes e automóveis, exatamente como se apresentam na realidade, mas, até os mínimos detalhes, toda branca, absolutamente branca. Todos os automóveis, todas as casas, todos os pedestres, cada folha, cada barra de grade e cada fio da vassoura do gari, assim como ele também, são brancos por completo. Poderia dizer que todos esses elementos, em vez de manter sua costumeira consistência, ou seja, as pessoas de pele e carne, as folhas de células vegetais, os automóveis de metal e as casas de pedra e tijolo, tudo é constituído por leite coalhado. Para melhor explicar o que enxergo, imaginem uma garrafa cheia de leite que bruscamente se quebra, e o leite, em vez de se esparramar por toda parte, assume a forma da garrafa, como se congelado. No lugar da garrafa verde há, agora, uma garrafa branca, tão brilhante quanto a anterior, porém branca. Pois então, eis um objeto que poderia fazer parte da minha pracinha.

É impossível descobrir qualquer detalhe de outra cor. Eis, por exemplo, um senhor alto, de bigode comprido, com uma bengala na mão, passando em frente à Caixa Econômica, com passos lentos e tirando do bolso um relógio para acertá-lo conforme a hora exata do relógio da Caixa Econômica. Observo cada gesto seu, vejo-o nos mínimos detalhes, vejo até os fios brancos de seu bigode, seus dedos brancos como se fossem de gesso, o relógio que tira do bolso, que também é branco como se fosse um relógio de porcelana, a tampa que pula também é branca, a bengala na mão é branca como um torrão comprido de açúcar, toda a Caixa Econômica parece construída de açúcar, atenção dada ao fato de que o material por debaixo da cor branca manteve suas características, de modo que as pedras, por exemplo, são de um branco fosco, ao passo que as vidraças das janelas são de um branco brilhante, e a carne do rosto do transeunte, assim como a pele das mãos e a pele do corpo, com certeza existente por debaixo das roupas, é de um branco mole e sem brilho, como uma pasta morna e porosa (pois a pele apenas mudou de cor, mantendo no entanto sua temperatura humana, junto com os poros e todas as suas características orgânicas). Tudo isso é, para mim, tão nítido, que me parece não ter necessidade de nenhuma explicação e de nenhum esforço para ser visto dessa maneira.

Certo dia, porém, o cenário sofreu uma pequena mudança. Enquanto todos os objetos e a pracinha inteira mantinham a cor branca, eis que, no alto da Caixa Econômica, a cúpula se tornou vermelha, extraordinariamente vermelha, esplendidamente vermelha, mantendo todo o brilho das facetas de vidro que a constituem, como um rubi imenso por cima dos telhados. E, desde a cúpula, toda a pracinha foi invadida pela cor vermelha, como uma inundação de sangue e púrpura. Até o ar se tornou avermelhado, como na cabine de um fotógrafo, embora mantivesse a luminosidade, pois a visibilidade permanecia perfeita. A pracinha, agora, me parece ora completamente branca, ora completamente vermelha, branca em dias ensolarados, quando, por exemplo, estou do lado de fora, tomando sol no meu terraço limitado pelo jardim, e vermelha, quando, à noite, fecho os olhos de cansaço.

Talvez eu goste até mais desse seu aspecto ensanguentado. Quando a pracinha é vermelha, os fios do bigode do senhor de bengala se parecem com aqueles fiozinhos de papel colorido com que se costumam embalar objetos frágeis, o colete e o paletó o envolvem, elegantes, como uma carapaça de caranguejo cozido, a bengala na mão parece uma daquelas balas de açúcar baratas que as crianças chupam, as janelas das casas, como os pirulitos que os mascates turcos, vendedores de boza, fabricam, as folhas e a grama com respingos de sangue, um garoto que esvazia uma garrafa não derrama água, mas sangue — e os dentes das pessoas são de um fino coral, os dedos de pórfiro e as orelhas de cartilagem purpúrea. Quando o gari varre a rua com a vassoura de fios vermelhos como os bigodes de uma lagosta, atrás dele se ergue uma poeira vermelha como poeira de tijolo. E o céu por cima de tudo isso é vermelho e brilhante como uma imensa taça de cristal colorido...

Para poder enxergar a pracinha dessa maneira, caberia adormecer ou devanear de olhos fechados, mas um dia me convenci, de olhos bem abertos, de que ela existe e vi, em carne e osso, um dos personagens daquele cenário; se eu quisesse, poderia ter conversado com aquela criatura vermelha. E isso aconteceu no verão passado. Foi mais ou menos no meio da tarde, eu estava do lado de fora, no terraço, observando os raros transeuntes que passavam pela minha rua na periferia da cidade, muito pouco frequentada.

De repente, uma mulher da pracinha vermelha passou. Envergava um vestido vermelho, de uma seda farfalhante, com chapéu na cabeça, de abas largas, igualmente vermelhas, com sapatos nos pés e meias vermelhas, com bolsa e luvas vermelhas, com o rosto purpúreo.

Por teimar em duvidar de sua presença, chamei a atenção de alguém que estava ao meu lado:

— Que cor tem o vestido daquela senhora que está passando? E as luvas, a bolsa, os sapatos... vermelhos, não é?

— Exatamente — foi a resposta. —É uma roupa meio extravagante, mas essa senhora sempre se veste assim, com roupas chamativas, nutre todo tipo de fantasias vestimentárias...

Jamais a vira até então, mas deixei a pessoa que me dava essas explicações crer que a senhora de vermelho se vestia de maneira extravagante, ao passo que eu estava convencido de que, pela minha rua, acabara de passar, em carne e osso, uma personagem da minha pracinha.

Algumas interferências desse tipo acabaram por destruir por completo a minha fé numa realidade bem conectada e segura (na qual, aliás, posso sempre introduzir a mudança que me agrada, perfeitamente válida, persistente e segura) e, ao mesmo tempo, por me mostrar o verdadeiro aspecto sonambúlico de todas as nossas ações diárias.

IV

LEMBRO-ME de que, por muito tempo, sonhei com o interior de um jardim com gramados concebidos com elegância e estátuas clássicas posicionadas nas reentrâncias de determinadas plantas com folhas densas, especialmente podadas por jardineiros que eram decerto verdadeiros artistas. Mas, um dia...

Nos dias de verão, costumava sair de charrete para passear sozinho em Berck, conduzindo eu mesmo o cavalo. Gostava em especial de passar pelos caminhos de roça, menos frequentados e escondidos entre casas ou árvores. Sempre parava para conversar com as pessoas da vila, que trabalhavam por ali, de modo que, em pouco tempo, em certos lugares me tornei um personagem conhecido, cumprimentado com familiaridade, com um dedo levado ao boné. Eu era, ademais, creio, o único doente que se aventurava por aquelas bandas, os outros preferindo ficar perto da praia, com as charretes reunidas em círculo, batendo papo horas a fio.

Nos meus passeios pela roça, realizei muitas descobertas e fiz muitos amigos, donas de casa, simples e despreocupadas, que puxavam minha charrete para o quintal de sua propriedade e me mostravam filhotes de coelho recém-nascidos, com focinho rosado e macio como uma pétala de rosa umedecida pelo orvalho da manhã, ou uma robusta galinha poedeira, ou me ofereciam fatias grossas de pão preto rústico, delicioso, cobertas de mel, queijo e geleia e, por cima, uma fatia de presunto, que lhes conferia um sabor incomparável, doce, salgado e ao mesmo tempo carnudo, que me fora até então desconhecido. Noutro dia, os filhos dos donos da fazenda trouxeram para eu ver, deitado na charrete, filhotes de coruja encontrados no sótão, quentinhos e pelados como bolas de massa de pão passadas em penas e penugem. Todos demonstravam boa vontade para comigo e perguntavam pela minha saúde, o que dizia o médico e por quanto tempo eu ainda permaneceria deitado.

Durante um desses passeios, descobri o jardim dos meus sonhos. Era difícil imaginar que, nas redondezas de Berck, houvesse tal parque; quando eu voltava com a charrete repleta de flores, contando onde eu as colhera, muita gente nem acreditava que de fato existisse aquele jardim. Era, aliás, um jardim difícil de localizar, escondido atrás de uma cortina de árvores e rodeado por um muro alto e maciço.

Passei de charrete diversas vezes por ali, e não havia nada de especial que me fizesse imaginar o esplendor que havia do outro lado do muro. Havia, ademais, um vilarejo desamparado, onde às vezes eu me detinha para comer, numa fazenda, um certo tipo de queijo preparado e fermentado segundo uma velha receita camponesa.

O dono da fazenda costumava me falar do "castelo" que se encontrava na saída do vilarejo, aonde ele toda manhã levava ovos e laticínios; a palavra "castelo", contudo, pouco me impressionava. No interior da França, qualquer construção que seja um pouco maior leva o nome de castelo, ao passo que o jardim que o cerca logo se torna "parque".

Certo dia, porém, calhou de eu seguir por um caminho secundário, por onde não havia passado antes, e avistei, num determinado lugar, em meio a moitas densas que margeavam o caminho, uma abertura pela qual pude olhar para dentro da propriedade da qual tinha ouvido falar. De fato, o "castelo" era cercado por muros e, também, em alguns pontos, por sebes tão espessas e impenetráveis quanto muros maciços; a abertura encontrada era uma exceção absoluta e só me permitia ver um canto do jardim, com um espelho d'água, atrás do qual havia um terraço coberto por flores trepadeiras e uma porta de ferro, monumental, coberta por ornamentos artísticos. No espelho d'água erguia-se, num jorro irisado e contínuo, uma fonte artesiana, e foi através do véu tênue e delicado de suas gotas vaporizadas que avistei o terraço e a porta.

Tudo me pareceu tão belo, tranquilo e elegante, naquele fim de vilarejo, que acabei invadido por um indizível desejo de visitar aquele jardim. Assemelhava-se à visão de uma luneta mágica: ali, no caminho em que me encontrava, algumas galinhas ciscavam com o bico na poeira, um cachorro peludo e sujo se esgueirou por baixo de uma cerca e se pôs a latir, e lá, pela abertura entre as moitas, no jardim, uma fonte artesiana atirava ao ar curvas graciosas de água, em silêncio absoluto e em meio a um cenário sereno e requintado.

Decidi procurar o portão de entrada. Mas era evidente que também o portão estava escondido, uma vez que não conseguia encontrá-lo; a coisa mais simples que me restava fazer era rodear o muro inteiro. Assim, de fato acabei encontrando o portão de ferro da entrada, velho e enferrujado, com chapas que impediam olhar para dentro; a hera crescera abundantemente e cobria-o por completo. Permaneci alguns minutos diante dele, esperando que alguém entrasse ou saísse, mas o silêncio do lugar e a ausência de qualquer movimento visível demonstravam que eu poderia ficar esperando horas a fio, sem resultado algum. Então decidi bater, apoiando-me na inspiração de último momento, a fim de motivar a minha visita. Ouviram-se vozes por detrás do portão, uma conversa aos sussurros, em seguida alguém provavelmente espiou por uma fresta da grade e uma voz grossa perguntou lá de dentro, sem abrir:

— O que deseja?

Naquele momento, não fazia a mínima ideia do que dizer.

— Gostaria de falar com o proprietário do castelo...

Novos sussurros, alguns momentos de hesitação, em seguida o portão se abriu com um rangido estridente de ferro enferrujado e, na soleira, surgiu um homenzinho gordo, tão vermelho que parecia asfixiado. Estava vestido com um avental azul por cima de uma roupa barata de veludo.

— No momento o proprietário não se encontra... só volta daqui a um mês... Estamos só nós aqui, eu e o jardineiro... Seria algo importante?...

Definitivamente, as coisas se ajustavam melhor do que eu poderia imaginar. Agora eu podia inventar o que fosse, aproveitando-me da ausência do proprietário.

— Teria algo muito importante a comunicar... só que apenas pessoalmente... uma mensagem por parte de um velho e bom amigo dele...

Enquanto falava, olhava com ávida curiosidade para dentro, pelo portão aberto. Era de fato assim como me haviam dito e como havia entrevisto pelas moitas, mas talvez ainda mais bonito e surpreendente.

Do lado direito do pátio, um terraço comprido, de pedra, com colunas formando uma balaustrada, margeava a entrada para o jardim; a balaustrada era coberta por flores.

— Que flores bonitas vocês têm aqui! — exclamei. — Num terreno arenoso como este, perto do mar, é um grande mestre quem consegue fazê-las brotar... Por toda a área, num raio de dez quilômetros, não se vê uma única flor...

Enquanto dizia aquelas coisas, o jardineiro também se aproximou da charrete. Era um velho alto, ressequido e macilento, com um pouco de cabelo branco na cabeça, como um chumaço de lã, com bigode branco e sobrancelhas espessas, e um nariz vermelho como um broto inocente esperando para florescer... Naturalmente, o jardineiro se sentiu lisonjeado por tudo aquilo que dissera, vi seu sorriso satisfeito e um pouco envaidecido, escondido por debaixo do grande bigode branco.

— E, ainda por cima, daqui não se vê quase nada... — disse ele.

— Mas quem é esse senhor? — perguntou o jardineiro para o gordinho com quem eu havia começado a conversa.

— Quer falar com o patrão... traz uma mensagem por parte de um amigo.

O jardineiro, intrigado quanto à minha identidade, após me perguntar se morava em Berck e de qual doença padecia, puxou para um canto o outro — que, mais tarde, vim a saber que se tratava do porteiro — e conversaram aos sussurros por alguns segundos. Percebi que acabaram se entendendo e que o gordo, que no início exibia uma expressão hostil, pôs-se a balançar a cabeça positivamente, sorrindo.

— Certo, venha para dentro — pronunciou ele em voz alta. E disse, aproximando-se: — Vejo que nossas flores lhe interessam, e o jardineiro deseja lhe mostrar o jardim, se puder entrar com a charrete, ou se puder descer e vir conosco...

Descer eu não podia, mas se fosse possível entrar de charrete, era justamente o que eu queria! Os dois escancararam as duas metades do portão e o porteiro, pegando o cavalo pelo cabresto, conduziu-me para dentro. Encontrava-me agora no terraço com a balaustrada, toda coberta por um cascalho miúdo, de tom avermelhado. Percebi, então, que o terraço era muito mais alto que o jardim e que, para ter acesso a ele, havia uma escada de pedra, monumental, com degraus largos e lustrosos, margeada por vasos de faiança nas mais delicadas cores, dos quais se dependuravam ramos de plantas com folhas bizarras, amarelas e avermelhadas, com denteados geométricos nas pontas.

Em cada jarro, a cor das folhas combinava com a da faiança, e lá em cima, no topo da escada, e embaixo, na entrada do jardim, pilares de pedra de um lado e de outro sustinham quatro jarros enormes, do tamanho de barris de vinho. Era com certeza a coisa mais esplêndida e harmoniosa que já vira! Os vasos eram feitos de faiança azul-cobalto, e as plantas deles, com folhas amarelas como limão, envolviam-nos como um admirável penteado vegetal, e o contraste entre o azul profundo e o amarelo vívido das folhas lhes dava o aspecto de um extraordinário requinte e um charme indescritível.

Mas isso não era mais que o início do esplendor que ainda haveria de testemunhar.

Para onde quer que olhasse, encontrava cores e formas de inimaginável beleza. No fundo de uma alameda de rosas-brancas, por entre arcadas, vislumbrei a entrada do "castelo", que dava para aquele mesmo terraço em que me encontrava na charrete. Era uma porta de ferro trabalhado em ornamentos antigos, com janelinhas redondas e coloridas, assim como se fabricavam em certas regiões da França nos séculos passados. O edifício, porém, nada tinha de velho.

Em frente ao terraço, aos meus pés, estendia-se um parque aonde não podia ir de charrete. Mas podia ver suas estátuas, rodeadas por pequenos espaços vegetais talhados em ângulos retos na folhagem escura e espessa, podia ver também a fonte artesiana no centro, e pequenas cascatas de água cristalina, arranjadas entre rochas artificiais e canteiros de flores. Era o jardim que costumava ver nos meus sonhos, de modo que quase nem me admirei ao reconhecê-lo com tanta precisão... Em tudo o que via, reencontrava aquela nostalgia do sonho que, ao despertar, nos deixa o rastro da tristeza de ter passado por lugares belos e abandonados, aquela desolação melancólica dos jardins fabulosos, e o devaneio da atmosfera das esplêndidas alamedas pelas quais caminhamos sem ninguém encontrar...

Diversas vezes retornei ao "castelo" e, em cada uma delas, tornava-me mais próximo dos empregados. Certa feita, eles me retiraram da charrete, deitado na tarja, e me levaram como numa maca escada abaixo, procurando no parque um lugar resguardado do vento, de onde eu pudesse contemplar uma grande extensão do parque, a fim de passar algumas horas no mais pleno sossego. O outono se fazia sentir, e o jardim começava a fenecer. Em espirais e echarpes de vento, folhas amarelas manchadas de sangue e ferrugem esvoaçavam ao longo das alamedas. Naqueles momentos, a exatidão do jardim e o murmúrio da água cristalina da cascata lhe conferiam um ar de seriedade e de solidão infinita...

Quando retornava ao sanatório e me encontrava de novo no meu lugar no refeitório comum, tudo me parecia desbotado, desolador e ressequido. Os vasos com plantas exóticas nos cantos do salão erguiam suas parcas folhas como penachos de um orgulho inútil e miserável.

— Faz alguns dias que você parece dormir de olhos abertos — disse-me a vizinha de mesa — ... estou falando com você... e você me olha como se não me ouvisse... como se não me entendesse...

Trouxe-lhe flores e lhe expliquei de onde vinham. Mas preferi não lhe descrever tudo e manter com um oculto prazer secreto as coisas que eu via e sabia sobre o jardim do "castelo".

Alguns dias depois, havia de voltar o proprietário, a quem deveria transmitir a mensagem por parte do bom amigo; os empregados me especificaram inclusive a data exata do retorno. Mas por não saber que tipo de pessoa era e talvez por não poder compreender minhas verdadeiras explicações, que inicialmente tive a intenção de lhe dar, desisti de continuar passando de charrete por ali. Para o porteiro e o jardineiro, o meu sumiço, justo no momento em que poderia enfim falar com o proprietário, deve ter constituído grande surpresa.

Mas quem é que seria capaz de compreender que eu visitara apenas um jardim entrevisto no sonho, e que, à noite, costumava retornar às suas alamedas esplêndidas e desertas, passeando pelo silêncio miúdo do murmúrio das cascatas, no lugar predileto da minha solidão cotidiana?

V

BASTAVA-ME a lembrança... foi-me dado, porém, rever, na primavera seguinte, a fonte artesiana no fundo da vegetação espessa do caminho ao lado do castelo. Mas o acontecimento que me levou até ali, dessa vez, foi demasiado triste e doloroso para que aquele reencontro fosse também motivo de alegria.

Visto que me torna à mente esse episódio dramático da minha vida de enfermo, e que ele está relacionado a sentimentos humanos e profundos cuja impressão persistiu por muito tempo como um fardo, vou contá-lo em detalhe.

Nos dias chuvosos de outono, os doentes do sanatório ficavam todos enfileirados num terraço de pedra, de onde podiam contemplar o jardim e, diante deles, o edifício maciço, em estilo pesado, de um hotel. Eram dias úmidos, repletos de água, mergulhados na chuva, perturbados pelo vento e cobertos de nuvens que vinham sempre do oceano, nuvens delgadas e amorfas, cinzas sobre o pano de fundo cinza do céu, avançando como aves de fumaça por sobre a terra firme.

Atrás do hotel à nossa frente se erguia a chaminé de uma fábrica. Quando estava ativa, soltando fumaça, o edifício do hotel com janelinhas regulares, com silhueta comprida, assumia o aspecto de um navio ancorado na chuva, prestes a zarpar. No fim da alameda que dava para a rua, o grande portão estava sempre aberto e, vez ou outra, um vira-lata peludo e eriçado, de pelo encharcado, que pendia em chumaços sujos e grudentos, vinha farejar os arbustos do jardim e a coluna pseudoantiga de cimento no meio do gramado, onde gostava de se deter e, erguendo a pata, acrescentar à umidade da chuva o jorro de um fio de sua própria umidade.

Com as cobertas até a altura do pescoço, bem agasalhados, os doentes "tomavam ar" e tremiam de frio. Por ter de manter as mãos no quentinho, não podiam ler e, então, travavam conversas banais, longas discussões sobre todo tipo de problema que, aliás, em sua situação de "espichados" e imobilizados no gesso, nem tinha como lhes interessar.

De modo que alguns falavam sobre corridas de cavalo, outros, sobre "aviação". A "aviação", sobretudo, era um dos temas prediletos, e era bastante interessante ouvir suas opiniões e seus planos extraordinariamente bem documentados, dignos de verdadeiros engenheiros e precisos até os mínimos detalhes, estudados em revistas e tratados de especialidade dos quais os quartos daqueles pilotos trancados no gesso estavam abarrotados. Em meio àqueles "aviadores", eu era considerado um neófito, que não se dedicava às coisas sérias e importantes deste mundo. Para o amiguinho que eu fizera no terraço, era um tema de grande admiração essa minha ignorância.

— Mas como é possível, meu senhor, que não se interesse por esse meio de locomoção que intensificou as conexões entre as regiões mais remotas, que suprimiu distâncias?

Adorava assim reconhecer, com um sorriso bem-humorado, as fórmulas que ele recitava, palavra por palavra, a partir dos artigos dos jornais. Era um menino vivaz, de grandes olhos castanhos, de um cabelo negro brilhante, quase com tons de azul, de mãos brancas e finas, mãos de doente, mas também de artista. Era disso em especial que eu gostava nele, o fato de que desenhava, e que tinha reações de uma elegância e requinte que nele comprovavam a firme existência de um temperamento artístico.

Lembro-me de dois breves acontecimentos que revelaram suas predileções e seu espírito de observação. Certo dia, quis lhe oferecer um presente, de modo que trouxe da cidade um álbum infantil com desenhos coloridos de animais e um livro de fábulas contendo umas poucas ilustrações, porém realizadas com esmero, verdadeiras gravuras artísticas, impressas num papel especial, e pedi que escolhesse entre os dois. Ele escolheu o volume de fábulas e justificou a preferência:

— Esse é o trabalho de um mestre, gravuras realizadas com ácido em chapa de cobre, mais difícil de executar que essas caricaturas pintadas, que uma máquina imprime fácil... com rapidez...

E fez um gesto cômico ao dizer "com rapidez", girando e esticando os braços como um moedor, para imitar a máquina que, a cada rotação, produzia um exemplar.

A segunda vez foi na sala de espera do sanatório. Estávamos ambos ali, estirados nos nossos carrinhos, quando tirei de debaixo do travesseiro uma cigarreira.

— Exatamente o mesmo tom da parede! — exclamou meu amiguinho.

De fato, a cigarreira era de uma coloração rosa, surpreendentemente parecida com a do papel de parede da sala de espera. Embora fosse um detalhe sem importância, não o observara até então, apesar de me servir da cigarreira diversas vezes, na mesma sala de espera. Para o meu amigo, aquela observação não era mais que um reflexo de sua natureza artística e dos segredos de sua íntima estrutura, uma espécie de reação semelhante à de uma máquina que faz a triagem de objetos da mesma dimensão.

Chamava-o carinhosamente de Boby, assim como todos no sanatório, mas se alguém lhe perguntasse como se chamava, ele respondia, solene: "Robert Vanderkich, da Bélgica, porém flamengo". Pronunciava o qualificativo "flamengo" num tom de voz especial, para evitar ser chamado de belga, e em seguida alisava o cabelo com um pequeno gesto de orgulho.

Dias atrás encontrei, entre os meus papéis, um esboço feito a lápis, tentativa sua de me retratar. Infunde em mim grande perplexidade o fato de eu não ter percebido, naquela altura, que força de artesão tinha aquele menino autodidata. É verdade que os traços são hesitantes e, em alguns trechos, desprovidos de precisão, mas o aspecto geral do desenho, assim como a maneira de o "compor", revelam grandes e autênticas características que superam o diletantismo de uma criança que se diverte rabiscando um pedaço de papel. Essa também é a opinião de gente competente, pintores profissionais que fitaram demoradamente esse esboço e se admiraram ao saber da idade do autor.

Lamento jamais poder reproduzir esse desenho, por causa do papel sobre o qual foi realizado. Boby fazia todos os desenhos em páginas de agenda que uma tia lhe trazia de Paris; a cada compra que fazia em lojas de departamento, ela tinha o cuidado de adquirir também uma daquelas agendas, de capas duras e páginas divididas em rubricas, como um registro. Havia bastante espaço para desenhar nas folhas brancas, mas cada esboço era atravessado pela linha de uma coluna, ou pelo reclame impresso em cada página, de modo que o meu desenho, além de portar a assinatura de Robert Vanderkich, também ostenta o reclame de uma liquidação de roupas, que cruza todo o comprimento da minha testa.

Era muito doente, tinha um joelho enfermo, de modo que ficava meio levantado em cima da "goteira",[3] mas tinha fístulas também, localizadas em lugares muito desagradáveis para uma criança da sua idade, e tinha um curativo volumoso em cima dos órgãos sexuais, o que o expunha — soube-o depois — a troças e piadas, ferozmente amargas em sua ingênua inconsciência, por parte de seus camaradas, à noite, no dormitório comum.

Quando os maqueiros vinham para levá-lo à sala do curativo, ele sempre encontrava uma atividade e lhes implorava que aguardassem mais alguns minutos, ou que levassem outro, e quando via que não havia mais o que fazer e que tinha de ser levado até a clínica, arrumava resignado seus livros e papéis na bolsa e, murmurando entre os dentes, mais para si mesmo, num tom sério de gente grande, *merde!*, dizia aos maqueiros que estava pronto para ir.

Diversas vezes fomos levados juntos para a sala do curativo, mas, a cada vez, eu entrava antes dele. Um dia, porém, ele entrou antes de mim e, estando eu no carrinho no corredor, bem em frente à sala, pude imaginar as terríveis dores que o pobre menino tinha de enfrentar. Escutei-o berrando, arfando e chorando violentamente e, em certos momentos, gritava tão estridente e desesperado que parecia prestes a expirar para sempre. Em outros momentos, a horrível campainha elétrica que mobilizava os maqueiros soava também, e os berros na sala junto com as sinistras eclosões da campainha me davam a impressão de estar num lugar de torturas horrendas, onde os condenados eram afligidos sistematicamente, em cômodos antissépticos, por enfermeiras de aventais brancos e doutores de luvas de borracha compridas que chegavam aos cotovelos.

3. "A goteira é uma invenção que transforma um doente numa pessoa sadia. Ela acumula as funções de cama, charrete e pernas. A goteira é um carrinho de quatro grandes rodas de borracha, dotado de um chassi na medida exata do corpo, sobre o qual o doente fica deitado. Entre o chassi e as rodas, molas fortes amortecem todos os choques e solavancos do trajeto" conforme explica o próprio Max Blecher em "Berck, a cidade dos malditos". In: *Corações cicatrizados*. Trad. Fernando Klabin. São Paulo: Carambaia, 2016, p. 10.

Naquela tarde, perguntei a ele por que havia gritado tão alto.

— O que é que você tinha? O que estavam te fazendo? Estavam te matando? Para um menino grande como você, é um pouco vergonhoso não suportar um curativo...

Mas me arrependi de imediato da reprimenda.

— Eu me esforço por permanecer calado — respondeu ele —, mas não consigo, sinto que vou enlouquecer... O que é que você quer? Eles derramam éter puro nos meus testículos...

Ao dizê-lo, seu rosto ostentava uma expressão séria e madura, demonstrando saber que tais coisas não eram nada vergonhosas.

Naquele outono, as coisas pareceram se agravar. Passaram a levá-lo com mais frequência à clínica, para só retornar às cinco da tarde, pois tinha febre alta e não suportava a luz do dia. Enquanto todos os seus pequenos camaradas ainda estavam do lado de fora, brincando ruidosamente em seus respectivos carrinhos, ele permanecia trancado na penumbra do dormitório, com as cortinas fechadas, sozinho e tremendo de febre, com faces ardentes e mãos geladas, estremecendo e transpirando, ora completamente gelado, ora fervendo de calor, ouvindo desnorteado, no leve zumbido da febre que preenchia seu crânio, o eco dos gritos e das conversas plenas de vivacidade de seus amiguinhos que ficavam no terraço até a hora do jantar.

Certo dia, o médico decidiu operá-lo e mandou um telegrama para o pai do menino. À sua chegada, fez-se nova consulta com o mesmo resultado, e decidiu-se que a intervenção ocorreria nos próximos dias. Até o dia da operação, o pai do menino o levava toda manhã para passear até o mar, empurrando ele mesmo o carrinho. Quando voltava, se ainda fosse cedo o bastante e a refeição não estivesse ainda sendo servida, permanecia no terraço, tomando ar junto com os outros doentes. Foi o que ocorreu já no primeiro dia, e Boby apressou-se em me apresentar o pai, a quem com certeza havia contado de mim e da nossa amizade, pois ele me agradeceu a atenção concedida ao filho. Fiquei confuso e lhe expliquei que tinha um filho vivaz e talentoso, cuja conversa podia constituir um verdadeiro prazer a quem se desse ao trabalho de bater papo com Boby. Ficou extremamente lisonjeado e não parou de sorrir com todos os dentes estragados, cujos restos, junto à gengiva, estavam amarelados pelo tabaco.

Era agricultor, um homem robusto, de ombros largos, de cabelo grisalho e bigode branco, com uma nuca sólida e vermelha cortada por pequenos vincos como incrustações de faca, um autêntico pescoço de animal pujante, que passara a vida exposto ao ar forte do campo, que puíra sua pele. Quando se punha de pé, nossos carrinhos chegavam à altura de sua barriga e, quando empurrava o carrinho do filho com mãos rudes e calejadas, tornava-se evidente a facilidade com que desempenhava aquilo, acostumado que era a empurrar maquinários pesados no campo. Fumava o tempo todo cigarros grossos, amarelos, de tabaco ordinário, enrolados num papel especial "de milho", e soltava a fumaça pelas narinas e, aparentemente, também pelos ouvidos e pela nuca, pois sua cabeça ficava toda envolta numa fumaceira espessa sempre que tragava o cigarro.

Com vistas à cirurgia, Boby foi levado um dia antes para um quarto ao lado da clínica. Deu-me "adeus" com certa tristeza, mas sem conscientizar a gravidade da operação, que o médico, conversando com o pai, classificara como muito séria. No dia da intervenção, não vi o pai dele em lugar algum. Provavelmente estava junto com ele, numa daquelas "salas de operação", com portas enigmaticamente trancadas e completamente isoladas do ponto de vista espacial e moral da vida que se desenrolava no sanatório. Alguns dias depois, soube pelas enfermeiras, com certa dificuldade, que a operação de Boby fora exitosa, mas ele não passava bem. Era uma fórmula diplomática costumeira no sanatório para exprimir de maneira indireta, porém ridícula, que o doente estava muito mal.

Certa tarde, enfim, avistei no corredor o senhor Vanderkich, que veio na minha direção. Estava agitado e muito aflito, como pude observar. Contou-me de cara que Boby sofrera uma hemorragia nas "partes inferiores", perdendo demasiado sangue para poder lutar contra a doença. Ademais, estava sempre com febre, e os curativos eram insuportáveis, tornando-se tão dolorosos que Boby nem conseguia mais gritar, de tão extenuado e crispado de sofrimento que estava. De olhos fechados, só deixava a saliva escorrer da boca, e guinchava sem parar, como um ratinho. Noutro dia, aconteceu algo ainda mais grave: a dor o fez urinar-se todo...

O sr. Vanderkich me contou tudo isso de modo rápido e confuso — com certeza tinha uma necessidade imperiosa de dividir tudo aquilo com alguém, embora ao mesmo tempo estivesse muitíssimo apressado. Naquele momento, ele aguardava o médico sair de um quarto para lhe comunicar que a pessoa que ele tinha procurado na cidade para fornecer sangue para uma transfusão em favor de Boby tinha ido embora e ficaria alguns dias fora, e para lhe perguntar o que restava fazer.

— E para onde é que ele foi? — perguntou o médico, e o sr. Vanderkich lhe disse o nome do vilarejo.

— Bem, é aqui nas redondezas — disse o médico —, em uma hora de charrete você chega lá e o traz até aqui, veja bem, por exemplo, ele pode conduzi-lo até lá. — E apontou para mim.

— Sem dúvida! — exclamei. — Podemos partir agora mesmo e antes da hora do almoço estaremos de volta com a tal pessoa.

No mesmo instante, lembrei-me de que naquele mesmo lugar se encontrava o "castelo" onde estivera algumas semanas antes, e por onde nunca mais passara por não saber o que dizer ao proprietário. Agora podia muito bem dar de cara com o porteiro ou o jardineiro no vilarejo, e me ver na situação, muito desagradável, de não poder evitá-los. Mas o que era minha eventual situação embaraçosa diante da gravidade do fato que me levava de volta àquele vilarejo? De modo que afoguei minha breve hesitação num oceano de reprovação interior...

Na charrete, o sr. Vanderkich se instalou na cadeirinha ao meu lado e acendeu um daqueles seus cigarros grossos, e começou a tragar com força. Com o olhar cansado das noites de vigília, calado e apreensivo, ele fitava, distraído, os campos ao longo do caminho e, de vez em quando, fazia uma ou outra observação, em voz alta, sobre o estado da colheita ou das atividades agrícolas que via. Há, na vida, estados em que a depressão nos distrai e nos deixa jorrar, por intermédio dela, velhos hábitos quotidianos. Virei a cabeça na direção dele algumas vezes e, admirando sua saúde robusta, sempre a mesma pergunta formigava nos meus lábios. Por que não doara ele mesmo o sangue para a transfusão? Perguntei. Imaginei que talvez o seu sangue não "batesse", como ocorre com frequência, mas a minha pergunta produziu no seu rosto uma expressão tão desconcertada e diferente, que percebi ter, com ela, tocado num ponto sensível e doloroso. Fitou-me longamente e, em seguida, acendeu mais um cigarro, permanecendo calado, como se não houvesse compreendido bem as minhas palavras.

Finalmente, porém, pôs-se a falar e, então, deduzi que seu silêncio se devera à hesitação.

— É verdade, eu poderia lhe doar sangue... mas é que... tem uma história triste no meio...

Naquele exato momento, adentramos pela estrada do vilarejo e, surgindo à nossa frente um garoto, perguntamos-lhe o endereço aonde queríamos chegar. Embora estivesse curiosíssimo por saber que "história triste" impedia o sr. Vanderkich de doar sangue ao filho, não tinha agora tempo para fazer perguntas.

Estávamos quase ao lado da casa que procurávamos e, uma vez ali, o sr. Vanderkich se mostrou extraordinariamente desprovido de paciência. Para chegar mais rápido, pulou da charrete algumas casas antes e, com seus passos de colosso animal, em poucos instantes se postou diante da porta e bateu com força.

Respondeu-lhe uma velhinha, com xale negro nos ombros, que apareceu no quintal.

— O que o senhor deseja?

O sr. Vanderkich lhe explicou, em poucas palavras, o que desejava.

— Acho que o senhor veio em vão — disse a velhinha. — Lamento muito que tenha viajado tanto para nada... É o meu filho que o senhor procura, mas ele está doente, gripado, e veio de Berck para a minha casa para que eu pudesse cuidar melhor dele até se restabelecer. Se quiser, venha vê-lo, está de cama, vou ver se não está dormindo.

— Mas para que incomodá-lo? — murmurou o sr. Vanderkich como um urso. — É inútil... vamos embora... Lamento muito... procuraremos noutro lugar...

No momento em que estávamos prontos para partir, a velhinha me acenou... No que me detive, ela me disse que, para encurtar o caminho, era melhor passar por uma estradinha perto dali. Era justamente o caminho de onde se via o castelo, por entre as moitas.

Quando passei por ali, no entanto, outros pensamentos e sensações me afligiram, diferentes daqueles de semanas atrás, e eu precisaria imergir na calma de outrora para sentir o prazer de rever aquele lugar.

Na charrete, ao meu lado, o sr. Vanderkich não cessava de murmurar e lamentar.

— O que é que eu faço agora? Em toda a Berck, ele é o único que doa sangue. E agora está doente... E as horas passam... E o Boby talvez esteja pior... E sou obrigado a assistir a tudo isso impotente, de braços cruzados, sem poder ajudar em nada. Eis o que mais dói, você saber que poderia ser útil para alguém, para o seu próprio filho, mas que um acontecimento perfeitamente estúpido acaba amarrando as suas mãos.

Passou a mão no rosto, e depois pegou um grande lenço azul, com pintinhas, e secou os olhos. Pois então, ele chorava e era bastante doloroso olhar para aquele homem robusto, de ombros largos e pescoço de touro, chorando como uma criança.

Num dado momento, ele se controlou e, entre suspiros, consegui descobrir o motivo de tanto desespero.

— Como eu lhe disse, é uma história triste, mais estúpida do que triste. Você deve saber que, durante a guerra, regimentos inteiros foram mandados em missão para a frente oriental. Eu era cabo num desses regimentos e fui mandado para a guerra perto de Tessalônica, onde permaneci até o armistício... Que vida boa! E justamente essa vida boa foi a causa de todos os males, pois tínhamos dinheiro à vontade para nos embriagar como porcos e frequentar os bordéis até de manhãzinha... Num desses bordéis peguei uma doença, e com ela fiquei... Ah! Uma única noite de bebedeira e amor para uma vida toda maculada... com sangue "podre" para sempre. Quando retornei, Boby tinha três anos e não me reconhecia, pois ele só tinha alguns meses quando o deixei... ainda estava no peito... E agora que eu estava de volta, não podia nem mesmo lhe dar um beijo... e agora é ainda pior, pois ele está às portas da morte e não posso ajudar.

Passou de novo a mão pelo rosto e permaneceu mergulhado em si mesmo, calado e abafando os suspiros que vez ou outra brotavam.

Era muito ruim não termos trazido o doador de sangue; o médico pareceu muito preocupado.

— É urgente, está entendendo, urgente... — dizia ele ao agricultor que, com olhos úmidos, não sabia que resposta murmurar.

Finalmente, a esposa de um doente do sanatório, ao saber que estavam procurando sangue para transfusão, ofereceu-se. Era enfermeira num hospital de Paris, e não era a primeira vez que doava sangue.

No fim daquela mesma tarde, em torno das cinco, realizou-se a transfusão e Boby começou a se sentir um pouco melhor...

Morreu naquela mesma noite, com as dores acalmadas e uma sensação de grande tranquilidade.

Comigo ficou o desenho que fez de mim e, de certo modo, a lembrança de ter revisto o "castelo" no dia em que morreu, lembrança tão nostálgica e cheia de tristeza que nunca mais passei de charrete por aquele vilarejo.

VI

TODOS os pensamentos, todas as lembranças e todas as visões que temos aquém das pálpebras perecem afogados na mesma escuridão morna do interior da pele que os absorve, sem deixar vestígios. Nessa temperatura morna e nessa intimidade sem nome, jazem perfeitamente indistinguíveis e confundíveis entre si todas as lembranças, todas as sensações, tudo o que julgamos ter sido uma vez importante na nossa vida. Podemos evocar essa ou aquela lembrança, e nada nos indica que ela seja mais valiosa, mais profunda ou mais importante que outra. Pode até mesmo acontecer que aquilo que antes considerávamos profundo e extremamente dramático se apresente desbotado, pálido, anêmico, à luz de uma obsolescência que talvez desse a sensação de tristeza se não desse antes a de tédio, enquanto detalhes de segunda mão, ou seja, considerados irrelevantes no momento em que a lembrança ocorria, se apresentem totalmente reveladores e extraordinários.

Creio que a explicação para isso seja a seguinte: a cada instante imaginamos a vida, e a vida permanece válida para aquele instante, só para aquele instante e só como então a imaginamos. É o mesmo que sonhar e viver. No instante em que o sonho acontece, seus acontecimentos são válidos apenas para aqueles momentos noturnos do sono, assim como na vivência cotidiana, os pensamentos e acontecimentos são válidos apenas para o instante em que ocorrem e daquele modo como os imaginamos naquele instante. Caso tentemos acreditar que os fatos são independentes de nós, basta fecharmos os olhos num momento trágico para reencontrarmos uma independência interior tão estrita e hermética, que seremos capazes de situar na sua escuridão qualquer lembrança, qualquer pensamento e qualquer imagem, seremos capazes de situar no núcleo daquele momento trágico uma piada, uma anedota, como o título de um livro ou o tema de um filme cinematográfico.

De olhos abertos, aparentando atenção extrema, ouvindo alguém que a mim se dirigia com seriedade, não raro me punha a plasmar, ao longo da conversa, uma conversa outra, completamente diferente e bizarra, por vezes fabulosa, outras vezes apenas divertida, enquanto minha face mantinha uma expressão grave...

Lembro como, diversas vezes, de maneira totalmente "involuntária" e incontrolável, enquanto me contavam, por exemplo, o episódio atroz e doloroso da morte de alguém, nos mais dramáticos detalhes, brotava no meu interior, no palco do meu teatrinho pessoal, a trupe mais cômica e excêntrica de animaizinhos de borracha, realizando danças de desenho animado, acrobacias e saltos picarescos, extravagantes e perfeitamente hilários. Tudo isso enquanto eu franzia as sobrancelhas e a tudo ouvia com um ar de tristeza. Que coisas desconhecidas jazem dentro do saco de carne e osso que é o nosso interlocutor!

No fundo, a essência da realidade nada mais é que uma vasta confusão de diversidade desprovida de sentido e importância. Até os fatos exteriores, que consideramos bem definidos, quase sempre atrapalham os temas e confundem as luzes, que precisam ser acesas para iluminar o cenário, e o papel dos personagens que devem interpretar o acontecimento. Às vezes, no lugar de um personagem sério e triste, a realidade coloca um ator fraco que mal sabe desempenhar seu papel e que — sobretudo — se sente deslocado naquela peça.

No sanatório havia doentes homens e mulheres, em especial mulheres que pareciam ter idades pré-históricas, secretamente inscritas em sabe-se lá que rubrica do universo relacionada a imobilidade, sofrimento e resignação. Conheci uma velha solteirona que, depois de um acidente de automóvel que sofrera junto com o irmão, ficara gravemente ferida e doente de tuberculose óssea em ambos os joelhos. Era uma mulher amarelada, de cabelo negro e liso, mãos finas e anêmicas, olhos plácidos e um pouco úmidos, como os de um animal domesticado. Quando vinha ao refeitório, trazia sempre não sei que livro de litanias místicas em que mergulhava a cabeça e a atenção entre dois pratos de comida. Certo dia, o irmão veio visitá-la. Pois bem, era impossível deixar de constatar que o acidente arranjara as coisas a seu modo, uma vez que ela se tornara doente em consequência dele, e ele escapara ileso, pois o mesmo tanto que ela era branda e piedosa em seu comportamento de mártir resignada, seu irmão era robusto e bem-disposto. Ademais, caso achassem que a melancolia clorótica da doente fosse efeito da doença, seu irmão se apressava em desmentir tais afirmações, sussurradas, é claro, no jardim, na ausência dela.

— Sempre foi assim... desde que a conheço. Todo o dia deitada na cama, com dores de cabeça e o nariz enfiado em leituras religiosas... é absolutamente a mesma de sempre... a doença em nada a modificou, asseguro-lhe, nem mesmo o costume e o modo de usar medalhinhas no pescoço...

Havia, no entanto, situações contrárias, claro, e eram elas que me pareciam mais dramáticas e dignas de atenção.

No sanatório, fervilhava todo tipo de acontecimento e de existência. Ao folhear um velho álbum de fotografias, vêm-me à mente dezenas de dores e dramas ocultos com desenvoltura por detrás do sorriso de uma fotografia numa esplêndida tarde de verão, à sombra de um arbusto todo florido, no jardim. Eis o sorriso de estrela de cinema da Teddy, e sua posição de "revoltada" no carrinho.

Era uma moça pequena e bonita, com um narizinho arrebitado e um forte sotaque parisiense de jovem que havia amadurecido rápido em contato com a vida da cidade grande. Mesmo na goteira, continuava se vestindo da mesma maneira que se vestia quando ainda tinha saúde. Era a única que vinha ao refeitório de *tailleur* de saia curta e meias de seda, de modo que, quando erguia as pernas na goteira, todas as velhas madames do salão sussurravam entre si que a Teddy havia de novo assumido uma posição "indecente". Com o passar do tempo, no entanto, elas acabaram se acostumando com o comportamento dela, e até mesmo com o fato de ela, após a refeição, pedir um café de filtro, para então acender um cigarro Craven A com ponta de cortiça.

Ela fora uma pequena parisiense requintada, muito paparicada na época em que ainda podia se manter de pé. Quando nos tornamos amigos, costumava me contar, em seu quarto, as diversas aventuras que tivera com seus admiradores.

Em determinados dias do mês, ela aguardava ansiosa a chegada do carteiro e me pedia para que eu acompanhasse no jornal — que ela não comprava — os dias de chegada de navios cargueiros provenientes de Dakar. Vi algumas vezes, em cima da sua mesa, envelopes grandes com selos da África Ocidental, mas, curiosamente, eram todos endereçados à posta-restante da srta. Teddy Pelisier, com a menção de uma agência postal da periferia de Paris.

Um dia lhe perguntei de onde vinham todas aquelas cartas; ela me disse, sem rodeios, que eram de seu "pequeno amante"; quando partiu para as colônias, ela ainda não tinha ficado doente, de modo que ele nada sabia de Berck nem da doença, e continuou lhe escrevendo ao endereço que tinham combinado de utilizar, do qual a irmã dela pegava as cartas e as reencaminhava ao sanatório. Tratava-se, segundo ela, de um jovem engenheiro que desejara até mesmo esposá-la antes de partir, e que tinha ido para as colônias apenas para um estágio de alguns anos, para guardar dinheiro e depois retornar e se estabelecer no país. Mostrou-me muitas fotografias em que posavam juntos, ela magrinha, alta, usando vestidos que lhe caíam magnificamente, ele sério, com cachimbo na boca, fitando-a cheio de admiração ou agarrando-a de leve pela cintura.

Eram fotografias feitas em frente ao cassino de Deauville, e outras em parques de cidades belgas — ele tinha parentes na Bélgica e costumavam viajar para ir visitá-los, como dois noivos compatíveis e bem-comportados. Naquelas horas vespertinas que passava no quarto dela, folheando o álbum, várias vezes acontecia de uma enfermeira bater à porta e perguntar por sua temperatura, e era uma verdadeira injustiça que, naqueles momentos, meu olhar caísse justamente sobre uma foto que a representava num vestido branco de inspiração marinheira, na ponte de um navio, a caminho de não sei que Baleares, enquanto punha o termômetro sob a axila como uma doente qualquer e comunicava à enfermeira vesga e de buço, que esperava impassível como um legume no meio do quarto, que estava com 38,1 graus, mas que se sentia bem, para que eu não tivesse que ir embora.

Era terrivelmente injusto que aquela criatura, destinada a uma vida de prazeres e paparicos, tivesse que ficar deitada na fileira dos "espichados" neurastenizados e sombrios, no corredor de um sanatório perdido em algum lugar em meio a dunas de areia às margens do oceano, numa solidão e isolamento que para ela constituíam não só uma tortura, como também uma terrível confusão de temas por parte da realidade.

Certo dia, por intermédio da irmã, chegou-lhe de Dakar um pacote enorme, contendo diversas peles de pequenos animais silvestres, curtidas. Lembro-me também de um tapete para se cobrir a cama, formado de quatro peles dispostas na diagonal, duas cinzentas de antílope alternando com duas de uma pele desconhecida, marmorizada como a de um tigre, mas com pelos suaves ao toque, sedosos como veludo.

Ao invés de encontrá-la, naquela tarde, alegre por ter recebido tais presentes, encontrei Teddy triste e choramingando. Disse-me que, desde que voltara da refeição, só chorava, pensando na situação dela, no fato de ele nada saber de sua doença, enquanto ela jazia, com febre, na goteira. E ao dizer "na goteira", ela bateu com o punho no colchão do carrinho, rangendo os dentes.

— Você vai sarar, Teddy. Até ele voltar, você estará de novo de pé e o receberá à chegada do navio, em Bordeaux, com um sorriso nos lábios, como se nada tivesse acontecido.

Na verdade, sua doença era muito mais séria do que ela mesma imaginava, pois, além das duas vértebras atingidas, encontraram grande quantidade de albumina na urina, o que revelava que um rim também teria sido atingido, uma complicação grave, motivo pelo qual ela tinha de manter um regime severo sem sal e sem os cafés de filtro ao término do almoço.

Em alguns meses, ela emagreceu horrendamente. Num daqueles dias, a irmã veio visitá-la. E foi informada, pelo médico, de que o rim enfermo da Teddy deveria ser extirpado.

Naquela tarde, fomos todos ao cinema. No fundo das salas de cinema de Berck, punham bancos altos de madeira, para servirem de base às goteiras dos doentes. Para quem olhasse pela primeira vez aquela disposição, era bastante curiosa a divisão da sala em duas categorias bem definidas: a dos "espichados" e a das cadeiras. Quando a luz se apagava e os véus de claridade filtrada que vinham da tela embrulhavam os que estavam deitados em estranhas luminosidade e palidez, dir-se-ia que metade da sala estava ocupada por sarcófagos abertos, contendo cadáveres embalsamados de sabe-se lá qual museu no meio da madrugada.

Estávamos ao lado de Teddy, que naquela manhã ficara sabendo da necessidade de cirurgia, e decidira ir ao cinema justamente para não ficar, naquele dia, remoendo pensamentos obscuros dentro do quarto. Quando apagaram a luz, parecia alegre, indiferente pelo menos, mas só pela metade da exibição pude perceber que, no escuro, Teddy chorava baixinho. Pude ver seu rosto pálido à luz esbranquiçada da tela, que cavava mais profundamente as maçãs de seu rosto, tornando-a irreconhecível. Corriam, ao mesmo tempo, filetes de lágrimas por sua face, que, umedecendo a sombra com que se maquiara, formavam no rosto duas linhas negras e bizarras, como uma estranhíssima tatuagem fúnebre de um morto engessado e desenhado a carvão, assim como o costume de algumas tribos selvagens, documentado em fotografias, de maquiar os cadáveres.

Limpou os olhos o melhor que pôde antes do fim, no entanto permanecera triste em todos os dias que se seguiram. Ademais, aconteceu algo de todo inesperado, que agravou sensivelmente a situação. O inesperado tem um certo magnetismo que atrai para acontecimentos dolorosos complicações sérias e imprevistas. Numa longa carta, o namorado engenheiro anunciava que obtivera junto à companhia para a qual trabalhava, para o próximo verão, dois meses de férias, os quais, claro, tencionava passar na França, junto à sua noiva.

Teddy, entristecida, me mostrou a carta.

— Achava que seria capaz de evitar surpresas desagradáveis, e eis que vou servi-lo com uma amarga tristeza no lugar de uma grande alegria...

Num dos dias seguintes, ela foi operada, ainda a vi alguns dias depois da cirurgia, antes de ser transferida para um sanatório perto de Paris, onde morreu impossibilitada de se alimentar, devido ao fato de o único rim que restara também haver se infectado, e de modo algum devido à cirurgia, que havia sido perfeitamente exitosa, assim como afirmavam os médicos, num tom levemente erudito. Há, como essa, pequenas explicações na atual lógica médica, que deveriam ser classificadas numa categoria especial, que não seria a dos sofismas nem a dos paradoxos, mas a de raciocínios peculiares de "consequências dolorosas". Creio que seria uma inovação talvez útil para a lógica e a moral, e absolutamente inútil para os doentes e seus genitores.

Ao vê-la no sanatório, Teddy estava deitada num leito Dupont, todo especial, que ocupava o centro do quarto. Para caber com toda a sua parafernália de tubos e barras niqueladas, tiveram de tirar um monte de coisas. Parecia uma imensa máquina numa sala esvaziada especialmente para poder caber um tear mecânico que, em vez da trama no meio, continha apenas a caminha alva e frágil em que a doente estava deitada. Para manobrar em qualquer direção o caixilho em que estava esticada, havia manivelas e parafusos especialmente feitos para isso, e que podiam ser manejados com facilidade.

Para os curativos, para a toalete, o caixilho se erguia com o auxílio de cordas e alavancas e, embaixo, era possível afrouxar algumas tiras, soltando assim uma parte do corpo.

— Que negócio complicado para uma coisa tão simples como será a minha morte... — disse-me Teddy, com uma voz fraquinha, e me assombrei com a lucidez com que ela percebia a gravidade de seu estado.

— É melhor assim — acrescentou ela —, muito melhor... melhor que o meu noivo chore sobre um túmulo do que se apiede de uma doente.

De fato, era melhor assim.

Para Teddy, era um fim que colocava as coisas no devido lugar e ordenava a confusão de assuntos e papéis que a realidade instalara ao longo de sua vida.

Num belo e vasto cemitério nas redondezas de Paris, que ela só vira de passagem pela janela embaçada da ambulância, agora jaz, com as mãos sobre o peito, imóvel e pálida, uma moça destinada a amar na vida, e ninguém jamais ficará sabendo do aspecto esquelético e dos olhos arregalados de seus últimos dias.

Num cemitério límpido, sob uma garoa gelada, chegará um engenheiro de capa, com um buquê de flores bem embrulhado para não molhar, e ele o colocará sobre uma lápide simples e lisa que não revelará mais nada a ninguém, jamais.

E num certo quarto, ficarão jogadas num divã algumas peles exóticas e, dentro de um armário escondido, um álbum de fotografias e, numa caixa bem fechada, cartas e envelopes com selos da distante Dakar.

Enquanto isso, Berck será visitada por doentes de verdade, de aspecto esquelético, em busca de saúde, com um sorriso amargo e triste, trazendo preocupações e paralisias, trazendo curativos, parentes, dores e pus.

Creio que Teddy tinha razão ao dizer que era melhor assim.

VII

Ao evocar lembranças como esta, de olhos fechados, que ressurgem com a intensidade da realidade de outrora, ao fazer desfilar pela memória, com a mesma intensidade e a mesma convicção, a luz de cenários e acontecimentos que jamais existiram e, de olhos já abertos, ao fitar em derredor a tarde ensolarada, no meu olhar jorram como fontes artesianas todas as cores e formas do dia, o verde esparso e miúdo da grama, o amarelo luzidio de seda chinesa das dálias, e o azul brincalhão das não-me-esqueças, aos quais retruca o azul liso e intenso do céu, tão liso e tão intenso que o seu mistério me invade o cérebro em vapores de lúcida vertigem; ao passearem lembranças, visões e cenários para aquém e além das minhas pálpebras, com frequência me pergunto, ansioso, qual poderá ser o sentido dessa contínua iluminação interior e que fração do mundo ela constituirá, para que a resposta, inexoravelmente, seja sempre desencorajadora...

No fundo da realidade, há um engano de imensa amplitude e de grandiosa diversidade, do qual nossa imaginação extrai uma quantidade ínfima, o bastante para constituir, ao juntar algumas luzes e algumas interpretações, o "fio da vida". E esse fio da vida, mecha fina e contínua de luz e de sonhos, é extraído por cada pessoa a partir do reservatório materno da realidade, repleto de cenários e de acontecimentos, repleto de vida e de sonho, assim como a criança incauta aperta o seio da mãe e suga o jorro de leite quente e nutritivo.

No tempo "que ainda não decorreu" jazem todos os acontecimentos, todas as sensações, todos os pensamentos, todos os sonhos que ainda não tiveram lugar e dos quais gerações e gerações de pessoas vão retirar o quinhão de realidade, sonho e loucura. Imenso reservatório de demência do mundo, do qual se alimentarão tantos sonhadores! Imenso reservatório de devaneio do mundo, do qual extrairão poemas tantos poetas, e imenso reservatório de sonhos noturnos com cuja substância tantas pessoas adormecidas povoarão seus pesadelos e terrores!

Depósito desconhecido da realidade, repleto de trevas e surpresas. Tudo isso jaz amontoado num tempo enorme, e só se desenrolará célula por célula, sonho por sonho, fibra por fibra, formando-se na composição de um imenso mosaico a cada instante, a cada cantinho do mundo, pedrinha por pedrinha, para formar o quadro inconcebível que é a "vida universal em todo o seu esplendor". E imagino esse esplendor num único instante da minha vida. No momento em que escrevo, por pequenos canais obscuros, por meandros vívidos de ribeirões, por cavidades escuras escavadas na carne, com um pequenino borbulhar ritmado pelo pulso, o meu sangue desemboca na noite do corpo, circulando entre as carnes, os nervos e os ossos.

Na escuridão, ele corre como um mapa de milhares de riachos por milhares e milhares de canos, e caso imagine ser pequeno o suficiente para circular com uma jangada por uma dessas artérias, o uivo do líquido que me embala com rapidez preenche a minha cabeça com um ronco imenso, que se distingue das batidas amplas, como um gongo, do pulso, por sob as ondas que se tornam vigorosas e levam a batida sonora para a escuridão subcutânea, enquanto as ondas me arrastam velozes para a escuridão e, num estrondo inimaginável, me atiram à cascata do coração, aos porões de músculos e fibras em que a foz do sangue preenche imensos reservatórios, para que, no instante seguinte, ergam-se barragens e uma contração assombrosa da caverna, imensa e enérgica, assustadora como se as paredes do meu quarto se comprimissem em um segundo e se contraíssem para expelir todo o ar do aposento, numa constrição que faz o líquido vermelho, adensado, irromper para o rosto, célula sobre célula, ocorre de súbito a expulsão das águas e o seu efluxo, com uma força que bate nas paredes moles e luzidias dos canais ensombrecidos com golpes de vastos rios que despencam das alturas.

Na escuridão, mergulho os braços até os cotovelos no rio que me arrasta e suas águas são quentes, fumegantes e extraordinariamente perfumadas. Levo até a boca a mão em forma de concha e sorvo o líquido quente e o seu sabor salgado me faz lembrar do sabor das lágrimas e do oceano. Está escuro e estou fechado dentro do ronco e dos vapores do meu próprio sangue. E o meu pensamento voa solto por todos os riachos, cascatas e canais obscuros de sangue de tantas e tantas pessoas que estão sobre a terra, nesse desembocar obscuro que ocorre debaixo da penumbra de sua pele enquanto caminham ou enquanto adormecem, por todas as criaturas dotadas de veias e artérias, por todos os animais em que a mesma ebulição conduz até as extremidades da carne os mesmos vapores e o mesmo estrondo de sangue.

E ao tentar imaginar a vida universal do sangue e apenas a vida dele, suponho que as pessoas e os animais perderam a carne e os nervos e os ossos, para deles restarem só árvores de veias e artérias, mantendo a forma exata do corpo desaparecido, restando porém apenas elas, teias finíssimas e rubras de pessoas e animais, como se fossem pessoas e animais feitos de fibras e raízes e cipós no lugar de carnes plenas, porém sempre pessoas, porém sempre com uma cabeça redonda mas cheia de vazios e um tecido feito só de fios pelos quais circula o sangue e o nariz é uma trama de fios reta ou aquilina, ao passo que os lábios como um filete vermelho se movem e se abrem, e o corpo todo, ao sopro do vento, tremula como uma planta seca tocada pela brisa do outono.

De modo que tais corpos feitos de redes de fibras e artérias, sem carne, estão agora pelo mundo todo, circulando, dormindo, alimentando-se como no tempo em que eram criaturas normais, movendo-se por entre as folhas, por entre a relva e as árvores, como um mundo vegetal sanguíneo, paralelo ao mundo de seiva e clorofila das plantas e das árvores. É o mundo do sangue puro, o mundo das criaturas de artérias e dos corpos fibrosos, é o mundo que não imagino, mas que existe assim como o vejo por debaixo da pele das pessoas e de todos os animais. Neste momento em que escrevo e penso nele. É o mundo da realidade que jaz subcutânea, por debaixo do cenário e da luz que nossos olhos, bem abertos, conseguem perceber.

É assim que imagino o mundo do sangue e percebo que o meu sangue não passa de um trançado insignificante de mechas e artérias na floresta de árvores arteriais e sanguíneas do mundo inteiro, e o rumor e o farfalhar de sua circulação não passa de ínfima vibração numa ampla cadência e no ruído amplo que produz o sangue reunido em todas as artérias pelas quais circula no mundo. E o rumor do sangue se perde no rumor do vento e no chapinhar das ondas do oceano e no fluir dos riachos e dos rios do mundo inteiro, que também produzem barulho, no amplo desdobramento da vastidão sonora em todo o mundo. Ó, clamor imenso do nosso planeta no espaço! E, perdido nessa balbúrdia, o pulso do meu sangue! Totalmente perdido, totalmente insignificante!

Reflito ainda sobre algo que me assombra. Enquanto escrevo, enquanto a pena corre sobre o papel em curvas e linhas e ondulações que virão a formar palavras e que, para a minha absoluta estupefação, virão a fazer sentido para pessoas que desconheço e que as vão "ler" (pois, para mim, o ato da escrita, até hoje, permanece sendo profundamente incompreensível e objeto de grande perplexidade), mas enquanto escrevo, em cada átomo de espaço algo acontece. No jardim, um pássaro voa e atravessa a distância entre dois galhos, o vento sopra e uma folha ondula, um carrinho de criança passa pela rua com um leve ranger da roda, a criança geme, um instrumento afiado e estridente penetra num corpo duro, o carpinteiro do outro lado da rua bate um pedaço de madeira, uma vaca muge longamente, um pequeno ruído que não consigo identificar vem do celeiro do vizinho, no jardim ao lado alguém sacode uma árvore para que dela caiam frutos maduros, no fundo do subúrbio um violino retoma os rangidos e um latido permeia o gemido do violino, detenho-me, é-me impossível acompanhar tudo o que acontece aqui ao meu redor.

E se penso em tudo aquilo que acontece um pouco mais longe desse círculo de ações que posso ouvir ou enxergar, os movimentos e os fatos que acontecem se multiplicam extraordinariamente, em cada rua acontecem coisas que só posso supor e muitas outras, espantosamente muitas. Quantas? Assustadoramente muitas, montanhas de movimentos e de fatos e de pessoas que falam, outras que fumam, outras que bebem chá nas cafeterias, outras que dormem e sonham, e outras que vagarosamente limpam suas roupas empoeiradas, cavalos que puxam charretes às quais estão encilhados, enquanto numa sala escura se projeta um filme, e em vapores ebulientes de um cômodo superaquecido pessoas se banham, trens circulam pelos trilhos, o vento sopra amplamente por cima de tudo, alastrando o murmúrio das florestas, os rios conduzem jangadas de madeira, numa descida vertiginosa...

Coisas acontecem no mundo neste instante em que escrevo, tantas, tantas coisas e eventos, que todas as palavras que as pessoas pronunciaram desde o dia em que a primeira pessoa falou e todas aquelas que pronunciarão daqui em diante não seriam suficientes para descrever os eventos que ocorrem no mundo num único instante. Pois então, cada instante da minha vida, cada movimento que realizo, cada dor que sinto, tudo o que aparentemente ocorre na minha vida, cada evento que julgo extraordinariamente importante para mim não passa de um átomo perdido no vastíssimo oceano de eventos do mundo inteiro.

E a minha vida não passa de uma informidade a mais nessa pasta de eventos do mundo, amorfa em sua totalidade e indistinta.

É o deserto dos acontecimentos do mundo que rodeia cada vida, e cada vida permanece solitária e isolada nesse deserto absoluto de fatos que sempre ocorrem, sempre. Quando penso nessas coisas, no rumor do sangue que de mim ocultava, como uma cortina de sussurros, o rumor do mundo inteiro, e na minha vida perdida nos acontecimentos do mundo, tudo o que eu faço, tudo o que eu escrevo me parece vão, e as visões que me iluminam, perdidas nessa imensa diversidade, surgem diante de mim como fosforescências oceânicas perdidas na escuridão da noite, em algum lugar, na calmaria de uma superfície aquática, quando os ventos cessam e o céu estrelado cobre, com uma cúpula de silêncio, a vastidão dos mares tropicais. E tais fosforescências perdidas para sempre na noite, sem sentido, são também estas minhas linhas e frases...

VIII

TUDO o que cometi antes de adoecer teve para mim um significado bem definido, e um certo sentido para a minha vida, situando minhas ações cotidianas na rede de um vasto quadro cujos tema e contorno tinham de vir finalmente à tona. Hoje sei que não existe rede, nem contorno, nem tema, e que os fatos da minha vida se desenrolam de qualquer modo, num mundo que é, também, um mundo qualquer. Mas havia algo ainda, uma espécie de densidade da existência jazia algures em mim, mantendo em equilíbrio a minha lucidez, como os pesinhos de chumbo de bonequinhos de borracha, que os mantêm sempre na mesma posição. Sabia que, no geral, tudo aquilo era eu, e eu tinha a impressão de ser insubstituível. Ademais, para "exercer" a minha vida, eu conhecera e aprendera certos hábitos e manifestações que eram capazes de me caracterizar como uma pessoa normal e semelhante a todos ao meu redor. Sabia dar risada numa situação cômica, e vinham-me lágrimas involuntárias aos olhos sempre que padecia de alguma dor física ou de um sofrimento moral. Eram manifestações precisas que acompanhavam sensações exatas e bonitinhas, desenrolando-se no espaço de um dia, desde o café com leite pela manhã até a leitura do jornal ao anoitecer. Eu era bem agregado e constituía um "eu mesmo" bem amarrado e consistente, com sensações que tinham nome e devaneios que podiam ser relatados. Era o que se chama de uma pessoa que vive a própria vida e a compreende.

Ou seja, compreende o que ela considera explicação e compreensão da vida. E justo essa solidez de consciência que deveria se fortalecer durante a doença e me inchar até o orgulho, sim, orgulho, a força e a resistência do sofrimento, assim como ocorre com todos os doentes, sem exceção, e que teria feito de mim, em poucos meses ou anos, um "doente" em tudo aquilo que essa palavra convencional abarca, digno de piedade e compaixão, justo a lucidez das minhas considerações internas foi o que desmoronou dentro de mim e me transformou naquilo que sou, ou seja, uma pessoa que vive e não compreende nada ao seu redor, um pouco confusa, um pouco desnorteada no redemoinho de acontecimentos do mundo, desprovida de sensações, dores e alegrias.

Por se tratar também, de passagem, de sofrimento físico, permito-me considerá-lo abjeto e sem sentido para aqueles que padecem, sem alçá-lo a qualquer categoria ilustre, como "nobre e admirável inspirador da arte" e o único que produz obras viáveis. Acho que na tranquilidade e plenitude se produziram infinitamente muito mais obras perenes do que na dor e no ranger dos dentes.

Para retornar ao ponto onde comecei, estou convencido de que um simples acaso fez com que a doença misturasse e tornasse indistintas em mim todas as sensações, fazendo de minha lucidez algo parecido com uma lama grudenta, desprovida de qualquer característica especial que a discernisse, e em que nada se reflete. Creio que seja um acaso, o mesmo que transformou um punhado de matéria, aqui, numa pedra e, ali, num bloco de platina.

Suponho, porém, que seja muito interessante anotar todas as consequências produzidas por essa queda e essa confusão de sensações dentro de mim. Algumas vezes, ela me fez passar por herói do sofrimento e, noutras vezes, por alguém meio fora de si. Era uma injustiça para comigo, tanto num como noutro caso, talvez menos no segundo, pois considero a loucura uma tentativa suprema e muito sedutora no sentido de enxergar a realidade à luz de uma compreensão diversa daquela cotidiana, e considero a expressão "fora de si" muito justa para esse modo de assistir aos acontecimentos do mundo a uma pequena distância, do lado de fora da razão.

Existe aquela brincadeira ridícula que se chama "foto copiada" e que, quando não é bem executada e o papel se desloca um pouco, as figuras saem tortas e deformadas. É o ponto de vista surpreendentemente inédito do louco, para quem, enquanto "copia" a vida, a realidade se desloca alguns centímetros, ou seja, fica "fora de si" e produz, assim, formas totalmente extraordinárias.

Muito mais injusto, contudo, pareceu-me o qualificativo de herói, mas em nenhuma ocasião justifiquei o meu comportamento.

Explicar seria demais e demasiado complicado.

Eis como tudo ocorreu:

A primeira vez que tive de passar por um sofrimento físico terrível foi depois da minha operação, sobretudo durante os curativos. Estava próximo do término do verão e, para que o corte não infeccionasse naqueles dias tórridos, deixaramno completamente aberto, ou seja, deixaram-no sem costurar nas margens, de modo que ficou destapado até o fundo dos músculos, como um esplêndido naco de carne de açougue, ensanguentada e vermelha. Ao erguer um pouco o lençol com que a enfermeira me cobria durante o curativo para eu não olhar a ferida, descobri pela primeira vez o corte que trespassava meu ventre, e seu aspecto era tão violento que parecia uma carne que não pertencia ao meu corpo.

Era-me impossível compreender, num primeiro momento, que aqueles músculos rasgados, arredondados, inchados e úmidos de sangue eram a minha barriga lisa e branca anterior à operação; era realmente como um pedaço de carne de açougue, colocada ali, talvez, para me assustar. Estava aberta no meio como uma vagina enorme, com bordas intumescidas e sanguinolentas; algo parecido com aquilo eu só via quando saía de charrete e a minha égua, erguendo a cauda para fazer necessidades, revelava a vulva vermelha, magnífica como uma flor exótica de pétalas róseas e polpudas.

A minha própria carne era agora assim, sem ser, no entanto, um órgão completo, perfeito, digno de admiração, mas uma ferida horrenda, completamente diferente, escancarada, sensível ao extremo.

Nessa abertura de carnes cruas por cicatrizar era necessário, todo dia, despejar éter puro a fim de prevenir infecções e limpar a ferida. Era desumanamente doloroso. Como dezenas de facas que penetravam de uma só vez na carne, como dezenas de garras que revolviam e rasgavam todos os nervos, como lava fervente derramada pelo corpo até os miolos, a dor esparramava sua virulência e ebulição à tensão extraordinária do mais alto sofrimento.

A fim de dar um detalhe preciso capaz de indicar a acuidade dessa dor, devo dizer que tais curativos eram feitos nos primeiros dias após a operação, quase sempre com anestesia geral, e havia pacientes que ficavam sedados até o oitavo curativo, para que pudessem suportá-lo enquanto despertos. E o fato de o médico fazer meu curativo sem anestesia se devia aos efeitos colaterais que o clorofórmio produzia em mim, colocando-me horas a fio num estado de irritação intensa, com alucinações e febre insuportáveis, para além do meu "heroísmo", justamente sobre o qual quero falar agora.

Acho que o médico foi tomado por grande estupefação ao perceber que, durante o primeiro curativo, não soltei nenhum grito, nem mesmo um gemido. Ao terminar, fitou-me surpreso.

— Estava esperando que você desse berros que ressoassem por todo o sanatório... Seu comportamento é uma grande surpresa para mim. Ainda mais porque nem o anestesiei... Parabéns... Você é um herói à sua maneira...

— Obrigado, seu doutor, mas não creio merecer todas essas palavras, eu poderia também ter gritado.

E cá com meus botões, acrescentei: "Caso a experiência não tivesse sucesso". Pois fora uma mera experiência que eu fizera, um determinado procedimento, que descreverei com a maior exatidão possível, um procedimento como qualquer outro, mas com vistas a dominar a dor física; inventei-o já nos primeiros dias do meu sofrimento, graças a uma mínima observação.

Eis o que percebera: enquanto a dor ataca um determinado nervo e o irrita, todas as outras funções orgânicas mantêm sua atividade, inclusive o cérebro. Nessa calma generalizada, nessa atividade alheia ao sofrimento, é evidente que a dor intervenha como um penetra desagradável. Enquanto ela nos assedia, tudo em nós se empenha para manter a calma, a indiferença e a normalidade, e os pensamentos, que no momento em que a tensão da dor vibra como uma corrente elétrica por todos os nervos, os pensamentos, que então se interrompem numa espécie de caos inominável, aguarda a interrupção do sofrimento para retomar suas preocupações alheias ao sofrimento, mantendo na memória apenas o temor vago porém constante do retorno do espasmo. É uma espécie de mecanismo de campainha que, com intermitências, desperta o cérebro para o sofrimento, para que ele, por sua vez, mergulhe de imediato nas suas preocupações assim que o estrilo cessar. E quanto mais frequentes são os retornos, mais intenso se torna o temor, até se transformar num contínuo nervosismo de espera e pavor da dor, tão insuportável quanto a própria dor.

Nesse estado, cada retorno aos pensamentos normais é mais difícil, pois se agarram a ele, com toda a força, o medo e a apreensão. É sabido que em tal situação o remédio indicado contra a dor é "distrair-se" e esquecer, fazer todo o possível para, por exemplo, ler um jornal ou continuar uma conversa, a fim de "escapar" da dor. Pois então, observei que justamente isso forma o núcleo do sofrimento, e a conclusão foi simples: para escapar da dor, não devemos procurar "escapar" dela, mas, pelo contrário, devemos "cuidar" dela com atenção máxima. Atenção máxima e proximidade máxima. Até o ponto de percebê-la em suas mínimas fibras.

Quando, por exemplo, a dor jorrava de súbito em minha coxa enferma, eu deixava de lado toda leitura, toda conversa e, em especial, todo pensamento interior, e me punha a acompanhar seus meandros no espaço abstrato e sombrio em que eles se espalhavam; era como um fio d'água que brotava ebuliente ali na minha coxa e, dele, se desprendiam gotas e filetes para todos os lados, como fogos de artifício; vez ou outra, uma dor mais vívida se apresentava como um adensamento do jorro, como um leque de picadas que se espalhavam pela carne. Agora eu podia identificar o "contorno" da dor e só me restava acompanhá-lo, de olhos fechados, como uma peça musical, tentando "escutar" atentamente todas as variações de tom e intensidade do sofrimento, exatamente da mesma maneira como acompanho as modulações e a riqueza de uma peça de concerto, com as mesmas repetições e com os mesmos "temas" que eu descobria na "composição" da dor precisamente como na música que ouço.

Como se tudo isso não fosse suficiente no sentido de criar um equilíbrio para o sofrimento, eu ainda por cima apertava, com violência extraordinária, o dedinho da mão direita. Por aquele dedo e naquele aperto deveria escorrer toda a "melodia" da dor, como uma corrente elétrica se descarregando numa haste metálica.

E os resultados eram sempre admiráveis, desde que em nenhum momento eu desviasse a atenção e deixasse a dor sozinha para retornar aos domínios da minha consciência. Com certeza eu não sofria mais, no entanto a dor tinha de se manter como objeto de toda a minha atenção, à luz da maior lucidez; aquilo que é extremamente consciente se torna amorfo, sem nos trazer sofrimento nem diversão. Examinada de perto, uma sensação perde sua cor e acuidade, assim como, debaixo de uma luz por demais violenta, é impossível distinguir algo com definição.

Quando o meu médico me parabenizava, após o curativo, pelo "heroísmo" com que suportava a dor, no lugar de explicações e justificativas eu devia lhe mostrar o dedinho da minha mão direita. Depois do curativo, estava sempre roxo devido à força com que o apertava.

Noutra ocasião, o "heroísmo" foi ainda mais inesperado, tendo constituído quase uma atitude cínica da minha parte, que talvez tenha sido considerada uma encenação, para parecer mais corajoso do que realmente era. Tratou-se, no entanto, de uma atitude simples e natural, cuja explicação era absolutamente elementar.

No inverno anterior, surgira na minha coxa uma complicação séria, um inchaço terrível, cheio de substância purulenta, vermelho e intumescido, extremamente doloroso e sensível ao menor toque. No quarto, caminhava a passos leves para imaginariamente não fazer vibrar o assoalho e, assim, evitar provocar em mim dores com o estremecer da cama, tão terrível era o sofrimento, que, sem dúvida, eu dominava muito bem, sem, porém, querer provocá-lo inutilmente.

Deu-se uma consulta médica às pressas e concluiu-se que o inchaço devia ser puncionado. Para tal, utilizou-se uma agulha grossa como um caninho, sem anestesia, para não endurecer a pele ao redor da coxa. No lugar do líquido retirado, foi introduzido um tipo de antisséptico com álcool, no intuito de prevenir infecções no local, substância que, no entanto, ardia como brasa incandescente no espaço vago do inchaço. Dou todos esses detalhes a fim de definir a situação exata em que me encontrava e a fim de que se possa compreender a minha reação.

Naqueles dias, apareceram também os primeiros legumes do verão, que me produziram um enorme desconforto intestinal, com cãibras insuportáveis e toda espécie de inconvenientes para os meus hábitos higiênicos diários, coisas extremamente desagradáveis para quem está imobilizado na cama e que tem sempre de apelar à ajuda de outrem. Enfim, durante a consulta médica, percebeu-se que eu estava com as articulações enrijecidas na altura dos joelhos, o que produzia uma posição prejudicial que tinha de ser urgentemente endireitada, com o auxílio de uma extensão forçada.

A extensão foi feita no dia seguinte, e constava de faixas de tecido emborrachado envolvendo a minha perna, com um saco pesado de areia pendurado do outro lado, que puxava o meu pé com o objetivo de ajustá-lo. É inimaginável como pode ser dolorosa a distensão de uma articulação por muito tempo enrijecida, mantida todo o tempo sem o mínimo movimento, com músculos atrofiados ao extremo. Mas eu estava nessa situação com cãibras, álcool na coxa e na perna, extensão.

Pois bem, confesso, e espero que acreditem, que essa situação me fez dar risada, produzindo dentro de mim sorrisos como se provocados por algo cômico. Em poucos dias, reuni no meu corpo todas as complicações possíveis. E justamente isso se tornava, por excesso, extremamente cômico.

Nas comédias que costumamos ver nos cinematógrafos, o que é cômico e nos faz rir é aquela situação em que um personagem forte e musculoso briga com um magricela hábil o suficiente para escapar dos golpes, como a luta entre um policial americano e o frágil Carlitos que consegue sempre escapar das suas mãos.

Nessa desproporção de forças, em que uma, sólida e inabalável, opõe-se à outra, débil e precária, justamente nesse desequilíbrio jaz a essência da situação cômica. E justo essa foi a situação da minha doença ao surgirem tantas complicações. A cada dia, uma dor e um sofrimento novos, a cada dia, mais um sofrimento e mais um desespero, todos lutando contra um corpo exaurido que possuía apenas uma incompreensível força de resistência; o desequilíbrio de forças que cria situações hilárias. Quando instalaram a extensão e ela começou a doer, tive vontade de rir de novo.

"Vocês ainda estão aí?", perguntei, com meus botões, aos sofrimentos.

Era a teimosia de um elefante contra um camundongo. E tão logo atingido esse ponto, os sofrimentos começaram a recuar. No corpo de um único doente não existe espaço para todas as dores ou complicações do mundo. Finalmente, ou o doente morre, ou se produz uma melhora que lhe permita continuar doente... De modo que foi a permissão de continuar doente a que obtive.

Nos dias posteriores à cirurgia, quando comecei a ir de novo de charrete à praia, encontrei uma cidade outra, absolutamente diferente da que eu conhecera, como se o outono houvesse nela produzido uma metamorfose total, semelhante àquelas que os animais sofrem em certas estações do ano, quando trocam de pele.

A cidade também tinha trocado de pele, o céu e a praia também. Em tudo agora havia aquela simplicidade elementar dos objetos, como se houvessem sido apenas desenhados e colocados em seu devido lugar, nenhuma idade, nenhuma lembrança compunha a argamassa das paredes ou o asfalto das ruas. A cidade agora se erguera a partir de uma matéria nova da realidade, e eu no meio dela, inédito, viçoso, sem peso e sem órgãos, como uma simples linha do meu próprio contorno. Fora da cidade, o céu crepuscular ficava roxo e refletia, nas poças d'água deixadas pela maré vazante, todas as nuances de veludos lendários e empoeirados.

Com sacos repletos, retornavam os marinheiros dos lugares em que haviam deixado, de madrugada, as redes para capturar peixes, para eu em seguida encontrar, na banca da cidade, sombria como uma cabine de trem, esticadas na vitrine, todas as criaturas marinhas e todos os peixes das águas. Havia peixes cilíndricos e grudentos, elásticos e carnudos, que aderiam ao braço corado da vendedora como serpentes de prata, enrolando-se nela, insinuantes. Havia também aquele amontoado de prata e ouro avermelhado dos peixinhos dentro da cesta, e o braço da vendedora penetrava ali até o fundo, atravessando um frio de mercúrio gelado e densidades que arranhavam a pele com suas escamas.

E ainda havia aqueles camarões róseos, como suaves brotos de rosa no cesto, e peixes achatados, com as paredes do corpo grudadas, peixes que decerto haviam sido esmagados por alguma baleia, lagostas vivas de bigodes compridos, explorando o ar e, sobretudo, a vendedora enorme, bigoduda também ela, como se quisessem analisar a beleza dela, e as conchas enormes formando leques agitados que haviam abanado em sabe-se lá qual noite, durante um baile no fundo do mar, iluminado por fosforescências oceânicas e enfeitado por algas alucinantes, por entre as quais valsavam lentamente belas mulheres afogadas em transatlânticos naufragados, nos braços de marinheiros perdidos nas profundezas do mar...

E os caranguejos, com sua auréola de braços articulados em armadura, caranguejos dos quais sorvia o líquido salgado e meio podre do oceano, enebriando-me de olhos fechados com o seu cheiro áspero e salino, e com o perfume do litoral que eles traziam para a banca, alterado e fedido, como uma cauda oceânica de espumas olfativas que preenchia as narinas até se desmaiar de prazer.

Havia dias de feira em que os peixes de uma barraca dividiam espaço com montes de flores campestres e vasos de crisântemos, enfeite derradeiro dos peixes no lugar das algas marinhas, crisântemos em penachos e em penugens de pó de arroz, despojados e esfolados em todas as suas finíssimas pétalas, como fibras de veludo cor-de-rosa e pergaminho branco, e faixas violáceas, diáfanas, de um antigo vestido de baile.

E havia também as mulheres dos pescadores de Berck, de saia vermelha e blusa de tecido grosso, cinza, que cultivavam flores no jardim, enquanto os maridos pegavam o barco e iam pescar, de modo que, nos dias de feira, eram elas que ofereciam peixes e crisântemos na mesma barraca, esplêndida mistura de vida simples na composição de um quadro belo e fascinante.

Ao retornar ao sanatório, no entanto, reencontrava, aos sussurros, as velhas dores e a mesma vida embolorada com cheiro de clorofórmio, encerrada em corredores sombrios e quartos numerados, em cujo espaço consumiam-se e findavam os mesmos dramas, como em diminutos palcos de cortina fechada, na ausência de espectadores.

IX

L EMBRO-ME de ter ouvido, depois de um passeio de charrete, no quarto vizinho, uma troca áspera e irritada de palavras e berros entre o diretor do hotel, que gritava, e uma doente, que protestava, mais gemendo que falando. Embora fosse difícil distinguir o que falavam, quando o diretor se colocou na soleira da porta aberta, ouviu-se claramente no corredor:

— Vou-lhe dar a aliança… de qualquer modo não tenho mais o que fazer com ela… — dizia a mulher.

— E o que é que você quer que eu faça com isso? — perguntou o diretor. — Coloque-a no prego.

Finalmente, quando a porta fechou e a mulher permaneceu sozinha, esticada na goteira, ela começou a gemer de novo, balbuciando entre suspiros.

— Ah, sírio vigarista, comerciante vigarista de bijuterias, bandido... — e todo o tipo de imprecações jorravam de sua boca, certamente endereçadas ao marido, que eu vira uma vez no sanatório, visitando a esposa, e que era sírio, como vim a saber naquela altura.

De fato, gemia contra ele a doente, que há alguns dias não descia mais até o refeitório. E, por intermédio da camareira, soube que o marido a abandonara para viver com outra em Paris, e que há quase dois meses não mandava mais dinheiro para o sanatório. Era inconcebível para o diretor do sanatório que um doente ficasse sem pagar. Ele podia imaginar com mais facilidade, a sangue-frio, a operação extraordinária de um enfermo, em que, por exemplo, cortassem seus intestinos, do que um doente que deixasse o sanatório sem pagar.

Para ele, isso era muito mais extraordinário e monstruoso, verdadeiro motivo de insônia, ao passo que as cirurgias e os gritos de dor dos doentes permitiam-lhe roncar na maior tranquilidade. Quanto à esposa do sírio, de certa forma já intuíra de antemão, algumas semanas antes, que o marido não teria mais dinheiro e que, agora, estaria se mordendo por dentro por tê-la deixado no sanatório, com acesso a comes e bebes por vários dias.

De última hora, no entanto, ele ordenou, com absoluta severidade, que ela não descesse mais até o refeitório e que a comida lhe fosse servida no quarto, e a comida do quarto consistia numa xícara de chá com açúcar, que a camareira esquentava no próprio quarto, e em dois pãezinhos folheados velhos, alimento contra o qual a doente não protestava e sobre o qual nem falava. Ela tinha amigos em Berck, que lhe levavam, após a refeição, algumas linguiças, bananas e biscoitos, que acabava devorando com visível contentamento. Ela teria que pagar adiantado se fosse para uma pensão, pois o proprietário costumava perguntar na clínica qual era o motivo de o doente deixar o estabelecimento; ademais, Berck era pequena o bastante para que uma história dessas circulasse de imediato.

Ela não podia permanecer no sanatório, nem dele sair. Era uma daquelas situações de fato desesperadoras, aparentemente desprovidas de solução. A doente, ainda por cima, tinha de ficar engessada, imobilizada, por muitos anos. Finalmente, uma irmã dela que trabalhava num ateliê de costura em Paris resolveu ajudar e trouxe o quanto pôde, todas as economias, dinheiro emprestado talvez, de todo modo pouco e insuficiente para quitar as contas. Era, no entanto, uma boa soma, e o diretor, num gesto de humanidade que ainda lhe restava, permitiu que ela fosse embora. Ao retornar ao meu quarto, certa tarde, o quarto ao lado estava vazio, a doente partira durante a hora do almoço. Para onde exatamente, eu não sabia.

Alguns dias depois, encontrei-me com uma amiga dela e lhe perguntei onde estava agora.

— Está morando com a irmã, estão em Paris as duas, no mesmo quartinho, uma acamada, a outra de pé, trabalhando ambas com costura…

— E como é que ela foi engessada para Paris? Numa goteira?

— Ah, foi um pouco difícil; no trem, ela ficou estirada no banco e, para embarcar, descer em Paris e depois subir as escadas até a casa da irmã, ela teve de se erguer e caminhar, com a ajuda dos outros…

Desse jeito ela poderia comprometer todo o tratamento, mas não tinha o que fazer.

X

No sanatório continuava acontecendo de tudo, eventos ora grotescos, ora divertidos, como o de um jovem conde, de uma famosa família estrangeira da nobreza, que veio para Berck tratar-se com arsênico. Era um jovem de cabelos loiros como a seda do milho, tinha ido para Buenos Aires não sei em que missão e, lá, descobriu as fabulosas mulheres do mundo todo levadas para o meretrício, passou todo o tempo com elas, até os pais ficarem sabendo e o chamarem de volta para casa. Sua resposta, porém, foi que jamais abandonaria Buenos Aires, onde se sentia tão bem. Todas as ameaças, até mesmo a interrupção do envio de dinheiro, foram em vão, pois o jovem conde conseguia emprestar dinheiro da equipe diplomática da legação de seu país, que conhecia a família e sabia que não deixaria de pagar as dívidas.

Finalmente, por meio de diversos truques, conseguiram embarcá-lo num navio rumo à Europa, acompanhado de um agente para vigiá-lo e garantir seu retorno. Tais precauções, aliás, necessárias, no final das contas provaram ser inúteis, pois, tão logo o navio atracou em Nápoles, o jovem conde logrou escapar da vigilância do agente, tomar bastante dinheiro emprestado e permanecer escondido até a partida do primeiro navio rumo à América do Sul, no qual embarcou pleno de satisfação. De modo que o conde chegou à Europa e, após uma brevíssima estada, retornou à cidade dos seus sonhos, onde ficou por mais dois anos até adoecer, quando se viu obrigado a retornar.

No sanatório, ele praticamente não conhecia ninguém; seu tratamento constava apenas de injeções e caminhava normalmente, de modo que passava a maior parte do tempo na cidade, sobretudo num bar americano a cujo garçom ele ensinara o preparo de coquetéis especiais, combinando diferentes bebidas alcoólicas, conforme receitas sul-americanas. Para ele, aquilo tudo era uma espécie de exílio, numa ilha em que, no entanto, era possível encontrar todas as bebidas alcoólicas que desejasse e, por vezes, moças bonitas, e discos de gramofone com as últimas melodias da moda.

No bar, com todas aquelas diversões, o conde dava curso à sua existência de Robinson Crusoé, bocejando de tédio e, às vezes, embebedando-se excessivamente "para esquecer a vida". Na véspera de sua partida, ele se embriagou tanto que teve de pagar um suplemento substancial para consertar o estrago feito no quarto e, para conseguir ir embora com todas as roupas e a bagagem em ordem, teve de aguardar mais alguns dias.

Naquela noite, embora não houvesse bebido exageradamente, uma extraordinária amargura liquefizera a sua alma e, à meia-noite, ao voltar para o hotel, baratinado e com gestos hesitantes, após beijar com força, diversas vezes, a vigilante velha, enrugada e feia que lhe abrira a porta, fechou-se no quarto, sem trancar a porta, tirou a roupa toda e se pôs a arrumar as coisas no quarto.

Colocou os discos de gramofone em cima da calefação escaldante, abriu a torneira da pia e nela enfiou um travesseiro, posicionou com cuidado o colchão da cama no meio do quarto, para dormir no fresco, quebrou uma lâmpada e uma bacia de porcelana e, em seguida, ao sentir vontade de vomitar, a fim de não sujar nada no quarto, abriu as gavetas da cômoda em que guardava roupas e lençóis, afastou tudo, vomitou no fundo das gavetas e cobriu com as roupas limpas para disfarçar.

No dia seguinte, pela hora do almoço, quando a camareira abriu a porta e entrou, encontrou o conde dormindo tranquilo, pelado, de boca entreaberta, no colchão estirado no chão, enquanto, da calefação coberta de discos, pingava um visgo negro e compacto dos discos que, em contato com o calor, haviam derretido e formado uma pasta grudenta e disforme que escorria pelos tubos aquecidos.

Tais exemplares passavam com frequência pelo sanatório, divertindo os doentes por alguns dias, enfurecendo, claro, o diretor, que não tinha paciência para esse tipo de piada.

XI

COM a minha charrete, contudo, eu passava as tardes mais fora do que dentro do sanatório. Muito me aborrecia não poder me erguer na goteira e acariciar meu cavalo. Mantinha com ele uma amizade indireta por intermédio de um amigo que lhe oferecia o açúcar que eu guardava na charrete especialmente para ele. Certa vez, meu cavalo comeu tanto açúcar que teve de ficar alguns dias no estábulo, com dor de estômago.

Eis como foi. Eu conhecia, no sanatório, uma velha senhora sobre cujo filho às vezes conversava com ela, também doente, mas que ficava o tempo todo dentro do quarto. Era uma velhinha macilenta, com um pescoço tão magro e comprido que tinha uma faixa de seda preta amarrada com um medalhão em torno dele, como se para segurar as veias grossas que pulavam da pele e a traqueia de pomo proeminente como um único feixe de legumes. Era extremamente avara, coisa sabida por todos no sanatório, e tinha hábitos estranhos, como juntar os fios de cabelo que caíam na blusa e colocá-los de volta na cabeça com um gesto rápido, para não os perder e não parecer careca. Pelo mesmo motivo, nunca se penteava e estava sempre desgrenhada, com um cabelo, outrora ruivo, todo grisalho, sujo e parco, como o recheio de um colchão de lã que escapa por um rasgo. Quanto à sua avareza, circulavam no sanatório os mais diversos detalhes, dizendo-se, por exemplo, que bebia chá sem açúcar para guardar os cubos numa caixinha. Era, no entanto, digna o suficiente para não os vender.

Certa vez, conversando com ela em frente ao sanatório, estando eu deitado na charrete, pedi-lhe que desse um pedacinho de açúcar para o cavalo. Ao ver com que apetite a égua comia, aproximou-se de mim e disse que não sabia que um cavalo come açúcar.

— E como! — disse eu. — Dê-lhe apenas o tanto que é capaz de engolir.

— Pois bem, fique sabendo que gostei do seu cavalinho, e vou lhe dar açúcar… um momento, que vou trazer.

Era o açúcar do café da manhã, do qual ela queria se desvencilhar rápido, ainda mais porque o filho ficara sabendo da sua coleção e brigava sempre com ela, exigindo que se livrasse daquilo. A velhinha de fato voltou com uma caixinha cheia, da qual a minha égua comeu naquele dia o quanto pôde.

Gostava de observar a garupa dos meus cavalos, de pelos bem lisos e cauda pesada, e quando às vezes viravam a cabeça para mim, pareciam entender, no meu olhar, o quanto eu amava seus olhos grandes, lacrimosos e melancólicos, e também seus beiços negros, por trás dos quais se revelavam dentes de um marfim amarelo, compridos e enferrujados como os de um fumante. Havia uns moleques doentes, lá pelos seus quinze anos, que saíam de charrete, e não sei quem lhes ensinara uma diversão terrivelmente selvagem, que consistia em introduzir o cabo do chicote na vulva das éguas até elas começarem a agitar as patas traseiras, talvez de prazer, talvez de dor. E os meninos, inconscientes, davam risada, divertindo-se com os coices do animal.

Por vezes eles guiavam os cavalos pelo campo, por distâncias extraordinárias, e voltavam com eles espumando e cansados, extremamente sedentos, de modo que o primeiro lugar que procuravam era a fonte da esplanada, onde bebiam água em goles ávidos e amplos. Assim eles acabavam se adoentando, e o proprietário pressupunha muito vagamente por que às vezes seus cavalos pegavam pneumonia e morriam em poucos dias. Acho que isso aconteceu também com um cavalinho meu, pelo qual eu nutria um amor indescritível, um cavalinho preto, musculoso e de nervos bem visíveis, com o qual eu saía com frequência. Um dia, contudo, quando fiquei dentro do sanatório, provavelmente o deram a um daqueles moleques que o exauriu e o adoentou. Quando pedi o meu cavalinho no dia seguinte, o proprietário me respondeu que tinha uma congestão. Durante alguns dias saí com uma égua grande, branca, muito bonita. Naquele meio-tempo meu cavalinho morreu, notícia que o proprietário me deu com profunda tristeza.

— E depois o vendi — acrescentou. — Pode ser encontrado no açougue...

Havia em Berck alguns açougues que só vendiam carne de cavalo. Todos se concentravam na mesma ruela e eram facilmente reconhecíveis por cabeças enormes de cavalo, esculpidas em madeira e pintadas com uma tinta metálica, dependuradas por cima das portas. No interior deles, reinava a mais perfeita limpeza e as postas de carne, de um vermelho um pouco mais escuro que o da carne bovina, ficavam penduradas nas paredes de porcelana alva, bem apetitosas. Em determinados dias eu passava por ali e comprava, por alguns cêntimos, bisteca crua, que consistia numa carne de cavalo moída junto com um pouco de sal e pimenta, e que se comia fria e sem qualquer preparo adicional. Era inclusive recomendada pelos médicos, e a carne tinha um gosto perfumado graças a toda sorte de sabores do sangue frio, e um vago cheiro de condimentos, como se houvesse sido curtida em ervas aromáticas.

Foi na véspera da minha partida para a Suíça que soube da morte e da venda do meu cavalinho.

Lembro-me perfeitamente daquele meu último dia em Berck, um dia frio, coberto de nuvens, com uma garoa fina e persistente que vaporizava um ar úmido que se podia sentir até o fundo do pulmão; a rua estava afogada num finíssimo véu de neblina, por cuja espessura surgiam, como luzinhas amortecidas, as lâmpadas acesas nas lojas e nas vitrines, como frutos de ouro atmosférico, envolvidas no algodão esbranquiçado dos vapores de bruma. Eu era com certeza um dos poucos clientes que naquele dia compravam carne de cavalo, a rua estava deserta e, no açougue, o dono dormitava com a cabeça apoiada na mão, sentado no banquinho alto do balcão.

Mostrou a carcaça pendurada do meu antigo cavalinho e me consolou, dizendo que dera uma carne excelente e muito suculenta. Fez-me até experimentar, de modo que comprei por um franco uma porção de bisteca crua da carne do meu cavalinho, que comi devagar, saboreando de olhos fechados e tentando deixar que o gosto me penetrasse, como se para me comunicar, assim, com o espírito do falecido animal amado.

Naquela tarde, fiz as malas e, na manhã do dia seguinte, deixei Berck, onde havia passado três anos. Com a morte do meu cavalinho, perdi meu último bom amigo, naquela cidade onde perdera tantos...

Era a última recordação que deveria permanecer comigo, e minha última tristeza.

XII

FAZIA muito calor na cabine, de modo que deixei a porta aberta. Era um vagão velho de cabines separadas, cada uma com sua porta, com dois bancos de comprido; num deles foi colocada a minha goteira. Era um dia enfadonho de inverno, a garoa cobria os campos e os animais que pastavam, os cavalos e as vacas próximos à ferrovia, ao respirar, lançavam na chuva feixes vaporosos de algodão, que desapareciam tão logo eram absorvidos pela umidade.

Pela primeira vez, depois de tantos anos, viajava de trem. Nas estações, os viajantes que estavam para entrar na minha cabine se retiravam rápido e explicavam aos outros:

— Tem um doente lá dentro... um inválido...

Conscientizava-me então melhor de que estava doente, de que me situava fora do mundo vivo e quotidiano da gente saudável. Em Berck não se sentia muito essa diferença, bastava encontrar uma charrete com outro doente ou, durante as refeições, vê-los todos estirados para restabelecer um certo equilíbrio moral necessário ao sossego dos doentes, pleno de calma e indiferença.

Nas proximidades de Paris, comecei a atravessar os bairros que circundam a cidade, e o trem passava tão perto das casas cinzentas que eu era capaz de distinguir vez ou outra uma criança de nariz sujo, em uniforme escolar, comendo uma torrada, ou mulheres lavando roupa, um velhinho fumando sossegado seu cachimbo na janela, olhando, quieto, a passagem do trem, numa rua passava um rapaz de triciclo com uma caixa de entrega a domicílio, com cigarro na boca, pedalando sem pressa, algumas janelas estavam fechadas, ostentando cortininhas de renda e parecendo abrigar cômodos abandonados... o trem estrepitava... eram sobretudo aquelas janelas fechadas, que jamais reverei, que me intrigavam e me atraíam mais... via-as só de relance... o trem estremecia todas as janelas das cabines e, de repente, imaginei a vida doméstica, sossegada e insignificante que se desenrolava por detrás delas...

Na estação em Paris, tive de esperar algumas horas até a chegada da ambulância, numa sala de espera com janelões de cristal que davam para o saguão de espera. Mas tinham me colocado no meio da sala, de costas para a vidraça, e a sala estava cheia de gente, de modo que tínhamos a impressão de que todos estivessem num velório, e que houvessem ido até ali para prestar condolências à família, mas na verdade fumavam e me ofereciam balinhas, a mim, o que estava no esquife, que também fumava um bom cachimbo.

Num dado momento, olhei para trás com a ajuda de um espelho e me surpreendi. Contra a vidraça, uma imensa multidão de curiosos apertava as pontas pálidas do nariz e arregalava os olhos. Na primeira fila, crianças e, atrás delas, pessoas mais altas seguidas por outras ainda mais altas, privilegiadas, organizadas em andares de cabeças, todos olhando para o "doente" da sala e sussurrando entre si toda sorte de suposições e informações sobre a doença, a idade e a gravidade do meu caso. No saguão, no entanto, o burburinho da estação continuava, passavam carrinhos cheios de bagagem, ouviam-se apitos breves, estertores de locomotiva vindo das plataformas e tremores telúricos quando passavam trens no subsolo, como trovões distantes e abafados dando cambalhota num céu subterrâneo.

Finalmente, a ambulância chegou e me conduziu até o hotel. Lembro-me dessa travessia de Paris, à noite, com as janelas da ambulância abertas, como um desmaio, uma vertigem recheada pela passagem veloz de luzes e cenários fascinantes, vistas com a amargura e o desconsolo de serem apenas permeadas e de permanecerem mais tarde para mim perdidas na chuva fina e na luz avermelhada que pisca reverberando pelas ruas de uma cidade proibida. Pelas narinas me sufocava aquele cheiro de gasolina e flores secas tão característico de Paris, nele encontrando a atmosfera de meus passeios por bairros solitários e a alegria que senti, alguns anos antes, ao repousar no banco de uma avenida suburbana e contemplar uma folha de plátano amarelada, arrancada pelo vento, numa poça da calçada, com a cabeça apoiada no espaldar do banco, murmurando para mim mesmo, alucinado e ingênuo, como um ébrio inconsciente: "Estou em Paris... em Paris... em Paris...".

Tantos anos de fervorosa espera se acumulavam atrás daqueles murmúrios, tantas e tantas noites atravessadas de olhos abertos e nutridas pelo mesmo devaneio... "quando eu estiver em Paris...", como uma melodia extraordinária, obstinada, que me impedia o sono e me fazia criar, no meio da cidadezinha provinciana, no quarto fechado em que eu dormia, sem janelas e cuja luz provinha do teto, uma ilha própria e secreta, uma cidade só minha, viva e agitada, rodeada de todo o bolor e escuridão enlameada das ruelas que se esgueiravam entre as casas da minha cidade provinciana.

E agora eu podia conhecê-la em toda a sua realidade, com suas ruas luminosas, vitrines banhadas por águas de luzes coloridas como estranhos aquários habitados por pálidos e esplêndidos manequins de cera adormecidos em suntuosos vestidos de reclame com a plaquinha nostalgicamente indicando "Liquidação" e o preço em cifras vermelhas chamativas. Era a Paris dos meus sonhos, realmente, e ela continha algumas de minhas velhas tristezas provincianas e dias outonais igualmente desertos e desolados, com algumas tristezas inéditas a mais, a melancolia das pessoas que empurravam carrinhos cheios de bananas, gritando a plenos pulmões, a dos "artistas" que paravam na rua e cantavam e tocavam no acordeão um refrão que queriam lançar, enquanto entre todos os ouvintes reunidos em círculo distribuíam-se as notas musicais e a letra com que os "artistas" pediam que a melodia fosse atentamente acompanhada.

— É o terceiro dístico, no alto da página, vamos!

E na Paris triste e cinzenta ressoava um acordeão resfolegante, acompanhado por algumas vozes roucas e despretensiosas, canções de malandro, cheias de melancolia:

Ce n'est pas une fille des rues, c'est ma régulière...[4]

E com certa obscenidade também:

Je l'ai vue nue
Plus que nue...[5]

4. Em português, "Não é uma menina das ruas, é a minha namorada." Versos da canção *Ma régulière*, interpretada na década de 1920 pelo ator e cantor de cabaré Maurice Chevalier (1888–1972). [N. T.]
5. Em português, "Eu a vi nua, mais que nua." Os versos, mencionados com certa imprecisão, fazem parte da canção *Il m'a vu nue*, interpretada no final da década de 1920 pela célebre cantora de cabaré Mistinguett (1875–1956). [N. T.]

Isso era Paris… e eu estava em Paris… comprava batata frita na rua para me esquentar e ao anoitecer me detinha, nas horas mais movimentadas, nas saídas do metrô para observar todas aquelas figuras cansadas de funcionários que entravam e saíam como toupeiras debaixo da terra, com rostos sérios e cor de terra, amassados como uma mistura cinzenta de pão. Eu ficava ali mastigando minhas batatas, olhando para as pessoas, com a admiração quieta e plácida do caipira que, do âmago da província, tinha chegado à maior cidade do mundo.

— Ei, você me acompanha? — perguntou uma moça esbelta e violentamente maquiada, fazendo esvoaçar na minha frente um cachecol com um perfume barato de amarílis.

No quarto de hotel, com cortinas velhas e pesadas de veludo, eu acordava ao alvorecer com o rumor do metrô nas profundezas da terra e, incapaz de continuar dormindo, levantava, acendia a luz, fazia café na espiriteira que trouxera comigo, em seguida me vestia e saía na rua.

— Você é o mais esforçado dentre todos os meus hóspedes — dizia-me a proprietária, que conhecia todos pois só tinha alguns quartos no total. — Quando te vejo descendo a escada tão cedo pela manhã, fico com a impressão de que você está indo passear em Fontainebleau; só quando vou lá com meu genro e minha filha, durante o verão, é que me levanto tão cedo…

E por quase sempre esquecer meu nome, ela dizia à camareira que fosse arrumar o quarto "do senhor que vai passear toda manhã em Fontainebleau…".

… E o veículo sanitário me fazia passar por todos aqueles lugares como se fossem imensos depósitos de lembranças e nostalgias, e cada buzinada de automóvel, cada berro e cada luz era um sinal que se correspondia direta e secretamente com a telegrafia do coração, vindo de um mundo que me parecia terrivelmente antigo e remoto.

Essa era a sensação que a doença me dava, isolado à margem de uma massa de acontecimentos, movimentos, barulhos e luzes que constituíam o mundo em si. Ao ficar sozinho no quarto de hotel, com a luz apagada, essa impressão de súbito cresceu desmedidamente dentro de mim ao fitar a rua pela janela, e olhar para o andar correspondente da casa em frente ao hotel, onde a luz estava acesa e dois senhores se moviam, um mais velho, de suíças e bigode brancos, com roupa cinza, e um jovem, esbelto e moreno, com roupa preta, olhos profundos e olheiras escuras. Podia-os distinguir muitíssimo bem, acompanhando os mínimos gestos; vez ou outra o velho se detinha em frente a um quadro e, tirando-o da parede, explicava alguma coisa ao jovem, gesticulando com movimentos breves, e depois o pendurava de volta. O que dizia o jovem? O que representavam aqueles quadros, quem eram aqueles senhores? Eis tantas e tantas coisas que eu estava destinado a jamais descobrir. No mundo havia gente e quadros, cujo conteúdo deveria permanecer, para mim, eternamente desconhecido, assim como todos os acontecimentos que se consumiam na matéria impalpável do ar, sem deixar rastro, e dos quais não chegavam até mim qualquer eco ou conhecimento. Era assim que tudo se desenrolava ao meu redor, as pessoas manipulavam quadros e falavam, e eu não sabia quem eram aquelas pessoas, o que continham os quadros e que explicações eram dadas enquanto os contemplavam.

E esse pensamento me obsedava tanto e me alienava tanto das pessoas, que muito tempo depois podia acontecer, no meio de uma conversa da qual participasse muito atento, ou mesmo durante um sério acontecimento, de eu rever de repente aquele aposento em Paris e aqueles dois senhores caminhando por ele, e me perguntar de repente:

— O que significam todos esses quadros desconhecidos e todas essas explicações ininteligíveis?

A cada dia, com cada objeto, minha perplexidade aumentava, até chegar a uma espécie de inconsciência que até hoje me domina o tempo todo, como uma vertigem em que me encontro mergulhado para sempre...

XIII

À suíça cheguei na noite do dia seguinte, tendo partido de Paris ao alvorecer e embarcado numa cabine diante da qual o cobrador do trem tivera a gentileza de pendurar uma placa, "reservado", exatamente do mesmo jeito como punha para autoridades; era tudo o que ele podia fazer, e quando o trem ficava parado mais tempo em algumas estações, ele saía correndo para me trazer sanduíches e bananas, que me oferecia com toda a timidez e embaraço de sua juventude.

Quando o trem chegou na fronteira e ele teve de me deixar, pôs-se diante da porta aberta da cabine e me desejou "boa viagem", para em seguida me dizer, hesitante:

— E muita saúde, meu filho. — E, ao dizê-lo, enrubesceu até as orelhas. Creio que tínhamos ambos a mesma idade.

Na estação de baldeação, onde eu deveria ser transferido para o funicular, vi neve. Havia, para facilitar o meu transporte, um vagão especial, conectado ao funicular, com portas enormes de comprido como um vagão de carga, mas, do lado de dentro, com bancos e um espaço livre no meio para a maca dos doentes.

Com certeza, era também o vagão com que transportavam os mortos, e um deles havia passado por ali, inclusive não fazia muito tempo, pois percebi, em cima do banco, algumas folhas que deveriam ter caído de um buquê de flores e, no chão, ramos de pinho e gotas de espermacete das velas da família.

Até me levarem para a linha em que começaria a ser alçado, fui conduzido por diversas linhas abandonadas de garagem de manobra e, a cada breve apito, parávamos entre depósitos como se estivéssemos no fim do mundo, uma lâmpada fraca iluminava a escuridão e, em torno dela, bailavam flocos, que em seguida caíam em cima de barris e baús enfileirados num estrado em frente ao depósito. Eram velhos e conhecidos lugares abandonados, parecidos com os da minha cidade natal, que me dilaceravam o coração quando, em noites de inverno, passeava pelos trilhos até chegar nos depósitos de carga, onde reinava o mesmo silêncio, a mesma desolação, e onde os mesmos flocos caíam em torvelinhos, como que peneirados, à luz da mesma lâmpada anêmica.

Durante a subida, fecharam as portas do vagão e não vi mais nada do lado de fora, mas, tão logo chegamos a Leysin,[6] após ser embarcado na ambulância, assim que me retiraram para entrar no sanatório, vislumbrei, de repente, todo aquele imenso vale aos pés da montanha, com milhares de luzinhas acesas, cintilando na escuridão como um firmamento terrestre, correspondendo perfeitamente às constelações de verdade. E as constelações dos vilarejos se estendiam pelo vale e pelas encostas como luzinhas variadas e brilhantes de uma árvore de Natal, cheia de enfeites baratos. Ao inspirar aquele ar no peito, senti flutuar, a atmosfera era límpida e pura, fria e cortante, diáfana como cristal e leve nos pulmões como se uma matéria atmosférica nova me rodeasse, mais sedosa, mais fina e mais vaporosa.

— Eis-me renascido — exclamei, entusiasmado.

E quando a enfermeira do sanatório veio me lavar, me trocar e me vestir com roupas brancas imaculadas com perfume de cânfora, percebi realmente se tratar de uma nova vinda ao mundo, a um mundo mais limpo e higienizado com álcool canforado. Era como se toda aquela atmosfera fosse um prolongamento do sanatório e sua limpeza.

Na manhã seguinte, após meu corpo ser friccionado com água fria, as portas serem abertas e minha cama, levada para o terraço, revelou-se, até onde minha visão podia alcançar, o vale do Ródano, com o rio fluindo como mercúrio ao sol por entre os rochedos da serra que o margeavam dos dois lados. No fundo do vale havia aldeias e casas, vacas e pessoas que eu podia distinguir claramente naquele ar cristalino, e cuja atividade

6. Leysin, balneário alpino na Suíça, no cantão de Vaud. Blecher morou lá de janeiro de 1932 até maio de 1933. Entre 19 de janeiro de 1932 e fevereiro de 1933, ficou internado no sanatório Les Sapins, e depois se mudou para a clínica La Valerette, onde permaneceu até partir de volta à Romênia, em 9 de maio de 1933. [N. T.]

eu acompanhava atento. Na beirada do vale, num feixe de prata despencava uma cascata e, dois picos abaixo, podia-se ver uma ponte minúscula, do tamanho de um clipe, atravessada por pequenos trens elétricos pretos, como vermes se arrastando de comprido que, em seguida, desapareciam no buraco do túnel que se abria na encosta da montanha.

No vilarejo de Leysin, logo abaixo da minha clínica, enfileiravam-se ao sol os terraços brancos e róseos dos sanatórios, em que ficavam estirados sob o sol, nus, os doentes dos ossos, ao passo que o tratamento matutino dos doentes de pulmão se dava a cortinas cerradas, nos terraços que ficavam em frente a seus quartos que, de longe — um do lado do outro, muitos e pequenos —, pareciam favos de uma colmeia.

Nas glicínias alpinas cintilavam gotas de neve derretida, e no bosque de abetos ao lado da clínica persistia uma leve bruma de vapores esbranquiçados entre as árvores. No entanto, não fazia frio, os doentes tomavam banho de sol, nus, e o sol os aquecia tanto que chegavam a transpirar, de cabeça coberta com grandes chapéus de palha. Estávamos quase todos com o corpo bronzeado pelo sol.

— Que horas são, por favor? — perguntou a enfermeira.

E um doente que olhava para o vale com um telescópio comprido, formado por peças de latão que entravam uma na outra, disse: "Dez horas e trinta minutos", concentrado na luneta. Era um inglês com quem, mais tarde, acabei travando amizade; seu telescópio era tão potente que, com ele, distinguia, no vale, na fachada de uma casa que devia ser a escola daquela aldeia, o mostrador do relógio, de modo que, assim, com o auxílio da luneta, era capaz de dizer a hora exata.

Era de fato um telescópio fantástico, do qual me utilizei depois, para determinados fins. Ao desdobrá-lo, via-se gravado no interior, com letras caligráficas e pequenos ornamentos florais: "*Constant Demoisin, Opticien du Roy*"[7] e uma data, acho

7. Em português, "Constant Demoisin, opticista do rei." [N. E.]

que era 1753, cinzelada profundamente no latão. Depois de manuseá-lo, ficava nos meus dedos um cheiro pungente que lembrava um pouco mofo e queijo velho, como no passado, quando, criança, remexia nas gavetas e encontrava diversos objetos de latão, maçanetas quebradas e anéis de cortina que utilizava para fazer experiências de prestidigitação, baseando-me num pequeno manual que chegara até minhas mãos... Ficava, então, com o telescópio na mão, a anos-luz de distância do vale e do sol que agora brilhava.

Em frente à clínica em que eu estava, só que muito mais para baixo, passava a rua principal do vilarejo e, do meu terraço, onde ficava deitado na cama com lençóis que cintilavam ao sol, podia ver os transeuntes, minúsculos, e a rua toda, pavimentada com paralelepípedos. Bem em frente ao sanatório havia uma boca de lobo coberta por uma pedra enorme, e aquela pedra atraía continuamente o meu olhar. Era como um ponto-final numa frase, eu olhava, olhava para o vale, para a rua, para os abetos, e depois voltava para a pedra, ponto-final, e de novo assim por diante. Acontecia até mesmo de eu estar lendo, fechar o livro e fitar a pedra lá embaixo, que me dizia: "ponto-final". Era a conclusão natural da leitura e, também, com o tempo, de todas as minhas ações.

Em determinados dias, a pedra assumia extraordinária importância. Quando, por exemplo, o médico vinha cumprir a visita semanal, eu prometia para mim mesmo que, tão logo estivesse curado, iria até a pedra para me sentar sobre ela por alguns segundos, a fim de me deixar penetrar pelo fato de caminhar e de que dependo só de mim para chegar até aquela pedra que fitava de longe por tantos dias, desesperadamente. "Quando virá esse dia? Quando?", indagava-me e fitava a pedra com avidez, "quando vou conseguir me valer de minhas próprias pernas para caminhar até ela?" Assim, ela acabou se tornando, para mim, um símbolo da cura, ou melhor, um sinal da realidade da minha cura e, se alguém me perguntasse o que eu faria no dia em que pudesse andar, se eu iria embora para casa, por exemplo, ou se voltaria para Paris, eu responderia rápido e sem hesitar: "Irei até aquela pedra".

Pois então, embora o meu tratamento permanecesse sempre o mesmo e eu achasse que continuaria imobilizado na cama, mas sem gesso, para a minha extrema surpresa, o médico, apesar da minha ferida aberta, me aconselhou a começar a caminhar, devagar, de modo que acabei chegando até a pedra muito antes do que julgara possível.

No dia em que cheguei até a pedra, fiquei exausto, pois me esforçara muito para andar até lá, e o caminho que da cama me parecia tão curto era, na verdade, bastante comprido, ainda mais por causa das curvas que ele fazia por trás das casas, que me obstruíam a visão daqueles meandros. Ao chegar à pedra, no entanto, perdi o fôlego e, lá de baixo, onde eu estava, olhei para a clínica e para o meu terraço com um olhar que se quis orgulhoso, mas que não era nada mais que cansado.

Naquele dia, culpei o cansaço pelo fato de não ter sentido nada especial no momento em que me encontrei junto à pedra, onde, em tantas horas de devaneio, quis ardentemente estar. Nos dias seguintes, a mesma coisa: o ar estava seco ao meu redor, tudo era simples e normal, já me habituara ao fato de caminhar e não tinha como obter do ar uma exaltação que não me invadia. Todo o meu desejo ora se encontrava desprovido de intensidade, como uma bateria que não serve para mais nada; dentro de mim imperava algo tão cinzento quanto o asfalto que eu pisava, opaco, sem ressonância.

Isso só reforçava minha certeza de que jamais deveria esperar nada. A realidade toda está à minha disposição, desde que eu a inspire profundamente e a expire ao mesmo tempo, sem expectativa, sem ilusão.

XIV

Ao começar a caminhar, aliás, comecei a ter preocupações que não tivera antes. No sanatório em que me instalei, só havia alguns doentes, que eram pessoas maduras e mulheres idosas. Era um sanatório completamente isolado do vilarejo, situado a grande altitude e numa rua por onde raramente alguém passava. Por outro lado, era uma rua bonita, que não levava a lugar algum, indo terminar nas montanhas, entre prados repletos de flores alpinas e um bosque de abetos velhos e apodrecidos; por vezes se fazia frequentar por namorados.

Ao deixar Berck, pensei que me mudaria para um sanatório com uma multidão de doentes, avivado por alegria e juventude, mas fui parar num lugar completamente deserto, um casarão insípido e triste, onde algumas velhas aposentadas tricotavam o dia todo com óculos na ponta do nariz e alguns ingleses congestionados jogavam *bridge*, sérios e atentos, dentro dos quartos.

Ao começar a caminhar e dar os primeiros passos pelos corredores do sanatório, meus devaneios e ilusões de tantos anos imobilizado se permearam de uma ácida virulência e, ao mesmo tempo, de algumas imagens extremamente ingênuas.

— Agora que posso andar, vou poder enfim travar conversas com mulheres bonitas que queiram passear em segurança ao pôr do sol...

E sonhava com quartos esplêndidos, em que belas enfermas de rosto empoado, em roupões que mal cobriam toda a nudez, me recebiam nas horas de "silêncio" e eu passava, assim, de quarto em quarto, conhecendo e amando, a cada tarde, fascinantes condessas nuas, com colares de pérolas em torno do pescoço e braceletes extraordinários nos pulsos, as condessas, sobretudo, eram as mulheres prediletas dos meus sonhos. Fervia de espera, enquanto tinha a impressão de que, no universo dos sanatórios elegantes, braços abertos estariam à minha espera para me enlaçar.

Finalmente veio o dia em que saí com meus amigos do sanatório. Eram dois ingleses, um andava de muletas e estava quase curado, ex-inspetor florestal na Escócia, o outro era doente dos rins, engenheiro em Auckland, na Nova Zelândia, onde geria uma firma de construção junto com o sócio. Toda semana chegavam de sua ilha pacotes enormes contendo jornais e revistas ilustradas, em que pude ver esplêndidas paisagens neozelandesas, com cascatas prateadas em clareiras no meio da floresta, ao lado das quais, vez ou outra, aparecia um velho aborígene de cabelo branco e crespo, penteado para trás como uma cascata menor e mais estreita junto à verdadeira cascata. Eu achava que não existiam mais aborígenes que navegassem pelos rios em troncos de árvore talhados, com amuletos de feitiçaria na mão e no pescoço.

Ao dizê-lo ao engenheiro, eu estava justamente olhando para uma fotografia que representava diversos fetiches feitos de jade, esculpidos com delicadeza e senso artístico; o engenheiro deu risada e tirou do bolso um fetiche de jade verde idêntico ao que era retratado na revista, que ele carregava pendurado junto com as chaves. Foi tão espantosa a realidade do amuleto que o engenheiro me mostrou, justo no momento em que, para mim, ele ainda fazia parte daquele reino frágil e incerto das ilustrações impressas, que o engenheiro teve que tirá-lo e colocá-lo na minha mão, para que eu o tocasse, o apertasse e, sobretudo, examinasse à luz as fabulosas ondas e sombras que a translucidez do jade ostentava, como água petrificada em sua composição. Era algo indescritivelmente belo, concentrado numa escultura pequena e delicada que representava um animal de olhos exageradamente grandes e boca aberta, pela qual passava o anel com que o engenheiro o prendia ao molho de chaves; emitia também um som abafado à mínima batida, um som seco, mas com um eco breve e cristalino, um barulho miúdo que jamais ouvira até então. Com certeza, por falta de atenção e costume, ficam para nós perdidos para sempre milhares de ruídos como esse, tilintares, sons, timbres, bem como cores e transparências de águas e vidros e pedras preciosas ao lado das quais passamos sem nos deter. Durante alguns dias, o amuleto de jade ficou no meu quarto, do meu lado, e quando às vezes eu acordava no meio da noite, olhava para ele e, aproximando-o bem dos olhos, descobria, a cada instante, em sua translucidez, novos desenhos e fantasmagorias caleidoscópicas.

Com esse engenheiro e o engenheiro florestal, portanto, saí para passear pela primeira vez na rua que, passando em frente à clínica, levava até a montanha e, naquelas horas vespertinas, era por vezes frequentada por doentes do pulmão que vinham até ali colher ramalhetes de flores e respirar à vontade o ar forte das alturas.

Ao nos sentarmos num banco de pedra para descansar, ouvi meus amigos ingleses sussurrando entre si:

— Será que vem hoje?

— Talvez já tenha passado...

— É muito cedo... se vier, virá a partir de agora...

— Certo, vamos esperar; de qualquer modo, não podemos fazer nada.

Ambos deram risada e ficaram vermelhos e se olharam com um olhar maroto, como se se tratasse de um vício oculto e extremamente perverso, que só eles cultivavam.

E, de fato, era um vício, mas bem-comportado, muitíssimo bem-comportado, um pequeno flerte com uma moça que passava todo dia para colher flores, mas com a qual, até então, jamais haviam falado, toda a relação se limitando a um mero sorriso quando ela passava, acompanhado, inclusive, das últimas vezes, de uma leve inclinação da cabeça. Para aquele sorriso e aquele breve sinal de simpatia eles saíam todo dia para passear o mais cedo possível, e se instalavam no banco, sussurrando e abafando o riso com imensa satisfação pueril.

Ao lhes perguntar do que se tratava, de início não quiseram me contar, e só quando soube do "idílio" por intermédio de uma enfermeira é que eles me confessaram tudo e me mostraram, certa tarde, a moça tão aguardada. Era uma suíça de rosto comprido, equino, olhar cinzento de ar selvagem e ao mesmo tempo tímido. Com certeza era doente do pulmão, percebia-se por sua pele cor de terra, em que a doença fez surgirem duas manchas cor de violeta; usava um barrete e um casaco azul, curto, com botões de latão e uma insígnia com linhas brancas e vermelhas no peito, símbolo de alguma sociedade para abstinência e amizade, com uma águia acima de uma bandeira, e ainda me lembro de que alguém no sanatório comentara que o símbolo não tinha sido bem escolhido, pois águias não são abstinentes.

Estava calçada com botas flexíveis de couro de cabrito que, para aqueles dias de descongelamento primaveril, era a melhor coisa para passeios nas montanhas. Agora éramos três lançando-lhe sorrisos e cumprimentando-a discretos, e ela parecia ficar comovida de certa maneira, mas tudo isso não durou muito, pois, alguns dias mais tarde, encontrando-nos com ela no meio do caminho, nós subindo e ela descendo, deixei meus amigos avançarem e, ficando para trás, no momento em que a moça passou ao meu lado, interpelei-a espontâneo e sem pudor:

— Espere um pouco, por favor, gostaria de lhe dizer algo.

Ela se deteve, enrubescendo toda e apertando entre os dedos umas poucas flores azuis que havia acabado de colher no prado.

— Trata-se do seguinte, meus amigos gostariam muito de conhecê-la, mas não conseguem encontrar, de jeito nenhum, um conhecido comum que os apresente. Por estar convencido de que entenderá a situação sem se aborrecer, atrevi-me, a fim de apresentá-los, a abordá-la, na esperança de que não me considere insolente e que me perdoe.

Enquanto falava com ela, um dos meus amigos, ouvindo atrás de si um barulho de vozes, virou-se e me viu conversando com a moça desconhecida. Creio que poucas coisas na vida o haviam espantado tanto: seu rosto expressou estupefação e profundo assombro, como se diante de um fato completamente extraordinário. Com a mão apontada para mim, chamou o outro e balbuciou atônito:

— Olhe ali, veja, está falando com ela… está vendo… está falando…

Quando eu lhes fiz sinal para que se aproximassem, seu espanto foi absolutamente fantástico e, embora meus amigos fossem de idade, ambos enrubesceram como crianças ao estender a mão para cumprimentar. O que fiz por eles, ao que parece, era algo inédito em suas vidas.

Ao longo de alguns meses, enfim, o "idílio" foi se animando, passando de um sorriso e um breve gesto de amizade para conversas com a moça "que colhia flores", que veio até mesmo algumas vezes visitá-los, durante a tarde, para tomarem chá juntos.

Assim, meu interesse pela moça misteriosa se esvaiu, mas um outro acontecimento, muito mais embaraçoso, muito mais dramático e bastante vergonhoso está relacionado às minhas caminhadas por aquela rua isolada. Ainda hoje, ao recordar a minha ação, algo continua a me remoer e incomodar, embora me tenham ocorrido desde então tantas situações embaraçosas, que essa de certa forma já deveria estar coberta pelo esquecimento, sem dizer que comecei a aceitar o fato de minhas sensações serem julgadas, e que suportaria com tranquilidade qualquer exame de consciência — o que é, para mim, algo desconhecido.

Mas por não escrever este livro para o meu próprio conforto anímico, nem para o do leitor, contarei esse acontecimento, terrível e embaraçoso para mim e para a outra pessoa, que teve de arcar com o sofrimento dele decorrido.

Durante meus passeios, apoiado nas muletas, passeios que me levavam da frente do sanatório até o banco de pedra, encontrava também alguns aposentados que moravam num magnífico sanatório das redondezas, um hotel imenso, de extraordinário conforto, com quartos luxuosos a preços, claro, extremamente altos. Para morar lá, os aposentados que encontrava deveriam ser bem ricos, não constituindo, porém, o tipo de gente que me interessasse e que desejasse conhecer. Eram sobretudo pessoas com doenças graves, com uma expressão preocupada no rosto, sob rígido tratamento, aposentados que pensavam o tempo todo em febre e secreções e que, por isso, envelheciam mais cedo. Eram os aposentados "sérios" do sanatório, mas eu sabia que havia outros, jovens, alegres, mulheres esplêndidas e belos rapazes, que passavam as noites e as tardes em festas clandestinas, e que não davam muita atenção à doença; eram esses que eu queria conhecer.

Até conseguir caminhar mais e suportar estar algumas horas em pé, não havia modo de eu descer até o vilarejo para encontrálos. É verdade que aquele sanatório fabuloso ficava muito perto, mas eu não conhecia ninguém que me apresentasse e me indicasse as pessoas que valeria a pena encontrar. Eis o motivo pelo qual decidi conversar com um dos aposentados "sérios", com a esperança de chegar aos "não sérios" do sanatório.

Entre os aposentados havia uma jovem moça, lá pelos seus dezoito anos, com um rosto completamente desprovido de traço característico, um pouco sardenta e curvada, sempre com o mesmo cachecol esverdeado no pescoço e o mesmo *tailleur* de tecido cinza, sufocando os acessos de tosse no lenço ou parando e sentando no banco para recuperar o fôlego.

Decidi conversar com ela, interpelá-la mesmo sem conhecê-la, da mesma maneira como já fizera, e em seguida cortejá-la a fim de nos tornarmos amigos e, assim, começarmos a nos visitar um ao outro, emprestando livros e jornais, até ela me apresentar a outras pessoas no sanatório.

Para tal, cabia espreitá-la num dia em que não houvesse ninguém na rua, ou quando ela parasse e eu pudesse me aproximar dela. Diversas vezes tentei chamar sua atenção com olhares e, embora tivesse certeza de que percebesse minha insistência, ela não me dava absolutamente qualquer sinal de compreensão ou incentivo. Com um olhar frio, indiferente, ela avançava sem mover a cabeça para a direita ou para a esquerda, com gestos igualmente desprovidos de caráter ou peculiaridade, assim como seu rosto sardento e ensimesmado.

"Creio, no entanto, que se sentirá lisonjeada se eu a cortejar", dizia para mim mesmo. "É feia o suficiente para que ninguém no sanatório se atreva a fazê-lo."

De modo que, certo dia, ao encontrar um momento propício, decidi falar com ela. Encontrávamo-nos a poucos passos um do outro, e a esperei. Exalando autoconfiança, aproximei-me dela e, ao se encontrar a apenas um passo de distância, tirei o chapéu e lhe disse, creio, mais ou menos a mesma coisa que dissera, dias antes, à jovem suíça da insígnia de temperança:

— Por favor, senhorita, gostaria de lhe dizer algo e, ao mesmo tempo, apresentar-me...

Creio ter conseguido dizer apenas isso, pois, entrementes, ela me alcançou e, erguendo os olhos para mim com um olhar cheio de reproche, continuou andando, ereta, empertigada, como se ninguém houvesse falado com ela, deixando-me no meio da rua, ridículo, de chapéu na mão, apoiado em muletas e murmurando incessante as palavras que queria lhe dirigir, mas que agora ninguém mais ouvia.

Fiquei terrivelmente enfurecido. Num único instante, tudo o que julgava anteriormente sobre ela se tornou exatamente o contrário, como no movimento do pêndulo, que volta para o sentido contrário após percorrer toda a distância. Na mesma noite, contei aos meus amigos o que me acontecera.

— Com mulher feia não se brinca — expliquei —, ela talvez se considere objeto de sedução, uma vez que todos a deixam em paz e você de repente quer falar com ela... Com certeza ela já terá espalhado pelo sanatório o boato de que foi atacada no bosque ao lado por um sátiro que queria estuprá-la... Ha! Ha!...

Mas o mais embaraçoso, do que me recordo com grande constrangimento, viria a se dar no dia seguinte, durante o habitual passeio com meus amigos.

Quando ela passou do meu lado, eu estava com eles e murmurei com ferocidade, alto o bastante para que ela também pudesse ouvir:

— E no final das contas... não me arrependo de nada... ela é bem feiazinha.

Creio que ouviu, pois certamente a indignação lhe subira à garganta e a fizera tossir. Senti-me, porém, satisfeito por conseguir me vingar tão rápido. Tencionava, assim que a pudesse conhecer por intermédio de alguém do sanatório em que ela estava, lhe falar abertamente e explicar que ninguém é sátiro, sobretudo para ela. Alguns dias depois, acabei conhecendo um jovem, justo daquele sanatório. Agora tinha certeza de que conseguiria falar com ela. Passei a frequentar o sanatório dos doentes ricos, onde encontrava, claro, pelos corredores, mulheres bonitas e jovens distintos que só vim a conhecer mais tarde.

Certo dia, surgiu a oportunidade de ser apresentado à minha "feiazinha". Era um dia seco e cinzento, morno e escuro, tinha ido com meu amigo levar até o funicular uma doente que partia e que estava se despedindo das pessoas na plataforma. Todos os amigos dela estavam ali reunidos, o sanatório era tão distinto que possuía sua própria estação, ponto final dos funiculares que subiam e depois desciam.

Em meio ao grupo que acompanhava a doente vislumbrei a minha "feiazinha", um pouco mais afastada de todos. Ela também me viu, enrubescendo levemente. Perguntei ao meu amigo se ele poderia me apresentar a ela — ela que me acompanhava com o olhar e adivinhava do que se tratava.

— Para que apresentar? — perguntou meu amigo. — É uma conhecida perfeitamente desprovida de interesse... aquela moça é muda...

— O que é que você está falando? — disse eu, pasmo.

— Isso mesmo que você está ouvindo, ela é muda... ou seja, não fala, sofre de uma laringite de gravíssimas complicações, não pode ingerir alimentos sólidos, nem falar... aliás, se tentasse, só conseguiria emitir vagos arquejos, pois suas cordas vocais foram corroídas completamente pela tuberculose... os médicos acham que não vai durar muito...

Naquele momento, o funicular chegou e todas as pessoas se concentraram na partida da doente; antes de deixar a estação, no entanto, meu olhar ainda cruzou de novo com o da "feiazinha" e, pelos seus olhos, passou não sei que profunda repreensão a mim dirigida.

Fui embora triste, agoniado, enquanto ouvia dentro de mim, repetindo como um disco riscado no gramofone: "É muda... é muda... é muda".

XV

P ARA minha grande surpresa, ao reler o que escrevi, encontro nos relatos toda a precisão dos acontecimentos ocorridos na realidade. Tenho tanta dificuldade para separá-los daqueles que jamais ocorreram! É tão difícil limpar os resíduos de sonhos, interpretações e deformações a que os submeti. A cada instante me vêm à mente outras imagens, outros devaneios ou simples visões banhadas em luzes sedutoras, que preciso afastar para manter uma certa lógica às minhas histórias — e, no final das contas, sou o primeiro a me surpreender com o fato de ser inteligível tudo o que escrevi. Às vezes, porém, gostaria de registrar também todos os devaneios e todos os sonhos noturnos a fim de realmente revelar a imagem da visão iluminada que se encontra imersa na minha escuridão mais íntima e familiar.

Talvez um dia eu venha a escrever todos os acontecimentos ocorridos em sonho, tão apaixonantes quanto os da vida real, mas talvez minhas forças enfraqueçam e me impossibilitem de escrever o que for... Nesse caso, muito lamentaria deixar de relatar, por exemplo, sonhos que me divertiram ou que me fascinaram com uma paixão mais intensa do que a realidade.

Recordo, neste instante, um fragmento breve e isolado de sonho, e de imediato percebo como poderia ampliá-lo e que acontecimentos poderiam ocorrer naquele cenário, com aqueles personagens. No entanto, agora, do jeito que o vejo, ele não passa de uma apresentação, de uma introdução a tais acontecimentos, engraçada o suficiente, creio, para registrá-la assim como a vi em sonho.

...A cidade sofrera uma mudança que eu poderia chamar de "especialização". Era a mesma rua conhecidíssima de outrora, mas as lojas e todas as instituições haviam adquirido a forma de seus respectivos "serviços"; por exemplo, a estação de trem era preta e luzidia, revelando ser uma imensa locomotiva com a entrada pela porta do foguista e com a plataforma de espera diante da caldeira a vapor; a agência dos correios tinha a forma de uma caixa postal, amarela e com listras azuis; uma livraria se apresentava sob o formato de um tinteiro e, outra, assumira a forma de um volume belamente encadernado; todas as confeitarias tinham o feitio de um doce com creme e *chantilly*; as lojas de gramofone eram enormes cornetas, ao passo que as salsicharias tinham a forma de um presunto de lado... Tudo isso não passava, porém, de uma pálida impressão, que logo se perdeu no momento em que entrei na loja de embutidos, onde devia fazer compras para a refeição da noite. A loja me aguardava com as coisas mais surpreendentes e espantosas. Era uma loja com balcões e prateleiras como qualquer outra, feitos, no entanto, de uma maneira toda especial: as paredes, de recheio de linguiça prensada que, de longe, tinha o aspecto de um mosaico vermelho de grande beleza; as prateleiras, de fatias delgadas de toucinho endurecidas graças a um procedimento especial, o que as fazia se assemelharem ao marfim; e os balcões, de patê com mocotó, duros como vidro, limpos e brilhantes como em toda salsicharia que se preze.

Era um verdadeiro prazer gustativo olhar para tudo aquilo. Ao mesmo tempo, porém, intrigavam-me duas coisas muito curiosas: primeiro, o patrão da salsicharia, um homenzinho de cara inexpressiva e bigodinho, vestido com roupa de coveiro; segundo, o pacote de embutidos que ele me deu ostentava uma pequena etiqueta bem chamativa: "Fabricado no rádio". O que significava a roupa de coveiro e o que era aquela inscrição que acompanhava os embutidos? Eis o que excitava a minha curiosidade e, ao pagar ao patrão, que atendia sozinho naquela hora da manhã, perguntei-lhe o que eu tanto queria saber.

— Durante o dia, uso avental branco de salsicheiro — disse ele —, mas o senhor veio fazer compras cedo, e não tive tempo de me trocar, tive que entregar umas coroas hoje pela manhã para uma família importante e tive que vestir uniforme...

Ao ver que minha perplexidade aumentava, ele me deu explicações mais detalhadas.

— Quando me casei, eu era negociante de produtos funerários e empresário de enterros, com uma loja bonita, com grande variedade de artigos, cheia de caixões, coroas mortuárias, lamparinas fúnebres e toda sorte de produtos para mortos, uma bela situação, como se costuma dizer, além de bastante lucrativa. Por alguns anos continuei nesse ofício junto com minha esposa, que me ajudava, até o dia em que o meu sogro morreu e deixou, como herança para ela, filha única, esta salsicharia. Era um negócio muito mais atraente e com ganhos muito maiores do que os da funerária, porque presunto e linguiça se comem todo dia, ao passo que as pessoas não morrem com a mesma frequência. Entretanto, para não abandonar um negócio já bem encaminhado e do qual também podia obter lucros, decidi manter tanto os caixões como os frios. Já que lá onde eu tinha a loja o aluguel aumentou demais, e levando em conta o fato de esta casa ser minha propriedade, decidi exercer ambos os negócios no mesmo lugar. De modo que as donas de casa já sabem que às terças, quintas e sábados podem encontrar na minha loja os mais frescos e apetitosos frios a preços de concorrência (nos outros dias, aliás, nem mesmo é interessante abrir, porque são dias de jejum e ninguém compra carne, as pessoas desta cidadezinha são muito carolas), e às segundas, quartas e sextas vendo produtos relacionados à pompa fúnebre.

Enfim, para que os clientes não comprem patê de ganso numa loja de caixões, ou coroas mortuárias numa loja de salame e pastrami, e tendo em vista que a nossa cidade tem suas especificidades, como bem pode observar, quer dizer, cada loja tem a forma e o cenário exatos das coisas que vende, nos dias de frios como hoje, por exemplo, a loja assume, do lado de fora, o aspecto de um enorme presunto e, do lado de dentro, como vê, é dotada com paredes de salame, prateleiras de toucinho e balcão de mocotó; nos dias de funerária, com o auxílio de pequenos apetrechos facilmente amarrados a um sistema de ganchos e parafusos, em quinze minutos transformo o presunto do lado de fora num crânio com dentes amarelos e órbitas profundas, e o lado de dentro em cripta. Não tiro nada do lugar, só cubro as paredes com um tecido preto, embrulho os presuntos em seda negra e as linguiças também, ornamentando-as com guirlandas prateadas como se fossem velas de casamento, só que as minhas velas são pretas (e, se você as raspar, verá que, no meio, são recheadas com carne moída de leitão).

Com esses elementos decorativos negros e prateados, em poucos minutos a salsicharia fica irreconhecível. Tudo se torna lúgubre e tenebroso… preto e prata…

Permaneceu meditabundo por alguns instantes, para depois me dizer, aos sussurros, com pose de filósofo:

— Todo o segredo está no arranjo das cores, use preto e prateado no mais esplêndido e vívido jardim de rosas e ele lhe parecerá fúnebre… rosas-negras e folhas de prata… mortuário… sinistro… Tudo é uma questão de arranjo das cores e do seu significado, ao qual nos acostumamos e o qual se enraizou muito profundamente dentro de nós.

Com voz ainda mais baixa, sorrindo sutilmente por debaixo do bigodinho e se aproximando de mim, sussurrou em tom confidencial:

— Proponho-lhe uma experiência, vá para casa e decore... *hmm*... o gabinete... *hmm*! Entende o que eu quero dizer... *hmm*! O toalete, como se costuma dizer... pois então, decore todo o interior com papel preto e adicione coroas mortuárias e faixas com "Saudades eternas" e "Sempre presente em nossos corações"... pois então, garanto que... *hmm*! Aquele espaço não poderá mais ser utilizado como antes... Em poucos dias, todos na casa ficarão constipados, tenho certeza...

Fiz um gesto impaciente com a mão, fazendo-o compreender que não precisava insistir.

Restava-me descobrir o significado da inscrição no pacote de frios "Fabricado no rádio". Ao lhe perguntar, o duplo patrão da salsicharia e da funerária pareceu se surpreender bastante com a minha ingenuidade.

— Mas é impossível que o senhor não conheça essa invenção... Confirmei não saber do que se tratava...

— Acredito... Achava, porém, que não podia mais existir hoje em dia alguém que não soubesse o que é um "rádio de fabricação"... Até mesmo uma criança pode lhe explicar o que é... Pergunto-me se o senhor sabe o que é uma bicicleta...

— Por favor, deixe a ironia de lado e me explique se quiser...

— Claro... claro... por favor me siga... até o quarto de fabricação.

No meio daquele quarto, que ficava ao lado da loja, encontrava-se um equipamento extraordinário, parecido com um aparelho de rádio, só que três vezes maior, ostentando, no lugar do difusor, uma abertura de paredes brancas límpidas e lustrosas.

— Que onda quer pegar? — perguntou o coveiro-salsicheiro.

— É-me indiferente...

— Nesse caso, vou pegar ao acaso...

Então, ele girou um botão e esperou até que as válvulas se aquecessem, enquanto percebi que, na frente do aparelho, havia uma lista, exatamente como todos os aparelhos de rádio; no entanto, em vez de constarem os nomes das cidades das emissoras, havia um elenco de fábricas, com a especificação dos produtos que fabricavam em letras miúdas, algo como uma lista de endereços de todas as indústrias europeias, tendo reconhecido até mesmo algumas marcas famosas. Assim que as válvulas acenderam, o salsicheiro girou outro botão, e o mostrador indicou *Sardinos aux huilos Portugal*,[8] no que o aparelho soltou um breve chiado e, na caixa do difusor, como se se condensasse a partir do ar, aos poucos, muito aos poucos, se cristalizou e se tornou cada vez mais opaca, mais consistente e mais material uma bela e apetitosa lata de sardinhas, que o salsicheiro tirou de dentro do aparelho e me estendeu:

— Experimente essas sardinhas, são as mais seletas...

E, para a minha perplexidade, ele pôs na minha mão a lata, que ostentava aquela mesma inscrição dos frios.

— Permita-me dizer que não compreendo... — balbuciei.

— Então vou explicar tudo — disse o salsicheiro — ... este aparelho, que vejo que não conhece, foi inventado e lançado faz dez anos. Ele se chama "rádio de fabricação" e, como todas as grandes invenções, se baseia num princípio muito simples. Com certeza o senhor conhece os aparelhos de rádio musicais, pois então, qual é o princípio deles? Num aposento qualquer, onde nada se ouve, pairam ondas musicais e a partir do ar amorfo, repleto de micróbios, fumaça, azoto e toda espécie de componentes inúteis, o aparelho extrai apenas a onda da qual precisa, o elemento musical do ar, limpando-o de micróbios, de oxigênio e de tudo aquilo que não é música, oferecendo-a prontinha para os ouvidos... extraída do ar, no qual ela se encontrava misturada a elementos impuros. É exatamente este o princípio do aparelho diante de nós: numa caixa que se localiza

8. Em português, "Sardinhas ao óleo de Portugal". [N. E.]

na parte de trás, cuja existência o senhor não percebeu, coloco todo dia carne moída, restos de peixe, toda sorte de objetos e retalhos que encontro pela casa, fitas, ferro-velho, farinha, vinho e papel, cascas de laranja, caixas de fósforo e selos carimbados, enfim, tudo o que consigo encontrar, tudo, absolutamente tudo... e o aparelho, assim como no caso da música, funciona como um filtro, com o botão escolho "fábrica de sardinha" e a "onda de fabricação" que paira no ar sintoniza com a onda do aparelho que, a partir do material impuro e diverso da caixa, seleciona exatamente o necessário para fabricar uma lata de sardinha, do mesmo modo como funciona o aparelho de rádio musical, a consonância das ondas faz com que o aparelho selecione, a partir do ar impuro, as devidas notas para uma sinfonia de Beethoven... muito simples...

E, como vê, o aparelho possui uma lista extensa, variadíssima, com usinas de "ondas de fabricação" para todos os objetos... O senhor certamente dirá que, nesse caso, toda dona de casa poderia comprar o próprio aparelho com o qual fabricaria sozinha dentro de casa tudo o que desejasse e que, assim, o comércio se tornaria inútil. Quando o aparelho surgiu no mercado, aconteceu mais ou menos isso, houve reuniões, protestos e greves, até o estado resolver intervir e regulamentar, de maneira estrita, a posse dos aparelhos e a fabricação dos produtos, no sentido de que o proprietário do aparelho só tenha o direito de fabricar produtos para os quais deve obter uma licença prévia registrada em seu nome e pelos quais paga taxas, aliás bem altas.

Ao mesmo tempo, as fábricas continuam funcionando, pois há clientes que preferem os seus produtos, alegando encontrar nos produtos do rádio não sei que tipo de gosto artificial e insípido, como os melômanos que não conseguem ouvir concertos pelo difusor do aparelho, considerando-os totalmente transformados e desprovidos da verdadeira musicalidade...

Creio que agora o senhor entende o porquê da inscrição. Com o meu aparelho, só tenho o direito de tirar frios; no entanto, diante de seu desconhecimento, fabriquei também sardinhas para o senhor ver como funciona... Mas eu posso fabricar qualquer coisa...

Enquanto falava, ele girou o botão e, no espaço especial do aparelho, surgiu, pouco a pouco, uma gravata de seda pura, esplêndida e luzidia. Da mesma maneira, ele me ofereceu um maço de cigarros estrangeiros, um relógio de pulso e um cachecol quentinho de lã.

— Que tal uma garrafa de champanhe francesa?

Comecei realmente a gostar daquilo.

Muito atento, o salsicheiro posicionou devidamente o botão e, no aparelho, começou a se condensar uma garrafa de uma das mais conhecidas adegas. No que ficou pronta, o salsicheiro, ao retirá-la do aparelho, soltou um terrível palavrão; a garrafa estava destampada e cheia de abotoaduras.

— O que foi? — perguntei, confuso.

— Houve uma interferência de ondas... como nos aparelhos musicais, acontece às vezes de você "pegar" duas estações ao mesmo tempo, e então sai um produto formado pela combinação de ambas. Um dia o aparelho fabricou pratos de mata-borrão e, uma vez, uma pele de raposa de cabinhos de cereja para fazer chá. Enfim, noutra ocasião, uma máquina de escrever, completa, com todos os adereços, porém inutilizável. Era feita de queijo.

Agradeci-lhe todas as gentis explicações e fiz menção de ir embora.

— Neste momento — acrescentou — há um grande *dumping*, as estações japonesas estão nos empanturrando de mercadoria; quem pega Tóquio é capaz de obter lâmpadas elétricas e bicicletas a uma quantidade ilimitada. Com uma estação europeia, em meia hora conseguimos uma bicicleta e, para a sua fabricação, precisamos encher duas vezes a caixa com material amorfo, ao passo que Tóquio fornece, no mesmo intervalo de tempo, dez bicicletas com uma única caixa de material...

Lembrei-me de repente de algo, para tentar estabelecer uma analogia com os aparelhos de rádio musicais.

— E parasitas... o aparelho não tem parasitas?

— Oh, e como — disse o salsicheiro, dando risada —, quando fabrico linguiças, por exemplo, e vêm com parasitas... no lugar de linguiças surgem no aparelho, mantendo a mesma forma... — E me sussurrou ao ouvido: — Excrementos... simplesmente excrementos...

Com isso, concluiu-se minha visita à salsicharia. Agradeci-lhe mais uma vez e fui embora.

Na rua, aguardavam-me três amigos, que apresentavam também extraordinárias singularidades: o primeiro estava azul, a pele de seu corpo, da cabeça aos pés, estava esmaltada de ágata azul, como as bacias e panelas, a explicação sendo que, no país das "especificidades", as pessoas também assumiam o aspecto de seu ofício, e o meu amigo era engenheiro numa fábrica de ferro esmaltado; o segundo estava vestido em celofane, e estava completamente transparente e escuro como uma radiografia.

— Você bem sabe que sempre fui enfermiço — disse-me ele ao lhe perguntar o que significava aquilo. — Sempre precisava de uma radiografia para saber o que tenho, onde dói, de modo que, um dia, decidi me radiografar de uma vez por todas e usar roupas de celofane para poder acompanhar a cada instante o que está acontecendo com o meu corpo.

Quanto ao terceiro, tinha esplêndidos olhos verdes e nada de especial, ofereceu-nos balinhas que, olhando-as melhor, eram, na verdade, relógios que derretiam na boca. Até mesmo o meu amigo de pele azul disse:

— Acho que você está cinco minutos adiantado. — Como se dissesse: "É meio amarga essa bala". Ele era um artista fantasioso absolutamente simples, só que, quando punha uma bala na boca, podia-se ver que tinha, no lugar dos dentes, bonequinhas de porcelana, e que a língua era retalhada em lamelas finas e vermelhas, como se abrigasse um crisântemo dentro da boca, cheio de pétalas carnudas e úmidas. Ao observar melhor seus olhos, percebi que eram formados por dois círculos das garrafas de limonada.

Junto com a revelação desse detalhe, meu sonho terminou.

XVI

Nos dias bonitos de inverno, as nuvens por vezes se estendiam ao longe, aos pés de Leysin, como um tapete de algodão branco, imenso e suntuoso, um pouco rosa, com um céu fabulosamente azul e translúcido como o vidro das garrafas sifão. No sanatório, nos terraços, os doentes tomavam banho de sol sem roupa e, embora ao redor deles a neve cintilasse por cima dos telhados e dos campos, fazia calor, pois nenhuma brisa, por mais fraca que fosse, soprava naquele ar puro e tranquilo.

Os dias de carnaval se aproximavam, e os doentes decidiram organizar um pequeno sarau com máscaras e outras brincadeiras nos salões do sanatório. Todos teriam fantasias, até mesmo os doentes que dependiam de enfermeiras e maqueiros. Os preparativos começaram alguns dias antes, a fim de que, na véspera, todos estivessem alegres e aliviados. Era justamente um dia sereno de inverno, e os doentes se agitavam pelados pelo terraço, conversando e fazendo piadas sobre o sarau.

Até as enfermeiras participaram dos preparativos e ninguém se preocupou com o tratamento aquele dia; quando o médico fez a visita de praxe, foi interpelado com aplausos e euforia, de modo que não pôde dizer mais nada. Ele também concordava com o fato de que os doentes precisavam se distrair às vezes.

Mandei fazer uma fantasia de arlequim com losangos pretos e amarelos, ainda andava de muletas, mas isso não importava, eu era um arlequim inválido. Ao entardecer, descemos até o salão e admiramos mutuamente as fantasias. Entre nós havia uma jovem senhora magrinha e pálida (internada no sanatório por causa dos pulmões) que se fantasiara de marquesa, com peruca de lã branca brilhante e sapato de salto vermelho, vestido de seda violeta e, no rosto e no peito decotado, bolinhas pretas, mas não deixava de ser uma marquesa, magrinha, com decote frágil e um pouco esquelético. Estava acompanhada do irmão, um jovem robusto e esportivo, que chegara de motocicleta da

França e só tinha as roupas com que viajara, uma túnica e um par de calças cáqui com polainas de couro.

Para se fantasiar também, ele embrulhou a cabeça com um cachecol e declarou ser árabe. Havia também um jovem com joelho operado e imobilizado, fantasiado de "precioso", outro extremamente maquiado, de "pierrô", e outro ainda de turco, de saruel, cinturão e fez. Quanto às mulheres, estavam em menor número, as enfermeiras não puderam se mascarar pois de vez em quando eram chamadas por doentes mais graves que haviam permanecido nos quartos, de modo que, além da marquesa e de uma moça com vestido de palha, com colares e flores, a "taitiana", havia só duas senhoras mais velhas, que trouxeram consigo agulhas de tricotar. Entre os doentes deitados e não fantasiados, ainda havia os ingleses, amigos meus, que preferiram ficar estirados, pois pretendiam se embebedar, e três doentes, um de outra clínica, um francês meio velho com cabelo completamente branco, mas alegre e bem-humorado, perfeito para aquele tipo de festa, e um suíço bem jovem, moleque de quatorze anos que ficou tonto com o primeiro copo de vinho.

Até nos reunirmos todos e até o ambiente começar a se tornar mais vibrante, reinou no salão uma geleira de caras fechadas e trombudas, pois muitos doentes não se conheciam. Às enfermeiras coube fazer as apresentações. No que ligaram o rádio, num instante o ambiente do salão se alcoolizou com música de jazz e as primeiras garrafas de vinho foram abertas. Durante a pausa, quando o aparelho emudeceu (alguém o desligara), a marquesa se sentou ao piano e, com um único dedo, percorreu pelas teclas uma melodia e, em seguida, com ambas as mãos, cantarolando baixinho, tocou uma pequena cançoneta cheia de humor, cujo refrão todos repetiram em coro. Era um piano de cordas desafinadas, com som de címbalo húngaro, posicionado de modo infeliz sobre o assoalho, de modo que fazia vibrar um biombo de madeira próximo dali e o castiçal de bronze em cima de uma mesinha. Era como se as flores pintadas no biombo velho e defumado e o antiquíssimo castiçal houvessem readquirido uma nova juventude e se pusessem a dançar, sacudindo-se junto com as mãos que atacavam o teclado, conforme o ritmo da música. O jovem da motocicleta também se sentou ao piano, e tocou muito bem.

No salão, o vinho começou a circular com mais intensidade, havia o suficiente para todos. Depois, os doentes começaram a pedir mais vinho, por conta deles. Todo o mundo estava um pouco zonzo, os ingleses pediram *brandy* com água gasosa e o francês ofereceu champanhe a torto e a direito. Quando o jovem motociclista sentou-se ao piano, o castiçal e as flores do biombo passaram a dançar com paixão, estremecendo cada vez mais, e as cordas de címbalo do piano pareciam prestes a arrebentar a cada nota. Era uma canção engraçada, que se tornou ainda mais engraçada quando o irmão se dirigiu à "marquesa", que retirara a peruca e ora se apresentava frágil e enfermiça em seu vestido elegante.

> *Mon vieux, tu as bonne mine...*
> *T'as dû changer de cuisine...*[9]

Era quase duas da madrugada, a campainha de um corredor distante soava de vez em quando, fazendo uma enfermeira desaparecer, em seguida se ouviu do lado de fora o rumor silencioso de um automóvel, o médico. Era, portanto, um caso grave. Num canto, interpelei uma enfermeira:

— É a senhorita Corinde, sabe, a jovem monja com peritonite T. B. C. (no sanatório, dizia-se "tebecê" para designar tuberculose). Foi por causa dela que o médico veio... parece que trouxe balão de oxigênio.

No mesmo instante, alguém me puxou pelo braço, era a "marquesa" que me chamava. Era o único mais sóbrio e que ainda conseguia ficar devidamente em pé.

— Para onde estamos indo? — perguntei no corredor.

— Por favor, me acompanhe até o quarto da Corinde... ela está agonizando e quero vê-la pela última vez...

9. "Meu velho, você está com boa aparência, você deve ter mudado a alimentação." São versos da canção *T'as bonne mine*, que se tornou famosa em torno de 1930 na interpretação de Félicien Tramel (1880–1948). [N. T.]

— Com essa fantasia ridícula?

— E daí? Você acha que ela ainda consegue entender o que está acontecendo em torno dela?

Um profundo silêncio reinava no corredor, uma lamparina fraca ardia de forma sinistra diante do quarto da moribunda, ecos abafados chegavam do salão.

Mon vieux tu as bonne mine...
T'as dû changer de cuisine...

Quando uma enfermeira saiu, para não abrir a porta duas vezes, entramos no quarto, a "marquesa" e eu.

Ao redor do leito no meio do quarto havia gente demais para conseguirmos ver alguma coisa: a mãe da doente, uma mulher miúda, enrugada, com cabelo sujo e cinzento, preso num coque, duas enfermeiras e o médico segurando o balão de oxigênio; minha amiga se aproximou e depois voltou.

— Como ela está bonita... vai ver... — disse-me ela.

Quando uma das enfermeiras se afastou, aproximei-me do leito e olhei para a doente. Era realmente ela a monja enferma sobre quem tanto se falava aos sussurros pelo sanatório? Até então, conhecera muitas monjas na minha vida, todas velhas ou feias, precocemente envelhecidas, perturbadas por indisposições internas. E, de repente, essa monja, de perfil fino e narinas róseas, com a tez um pouco enrubescida pela febre como uma maquiagem bem aplicada, de olhos abertos, verdes e um pouco oblíquos, esplêndidos, e o cabelo negro cobrindo a cabeça em brilhos quase azulados, derramado em volutas pelo lençol. Por que é que era tão bonita? Então era verdade que existiam monjas bonitas? Então eram de verdade todos os romances em fascículos da minha infância, com capas de ilustrações coloridas, *A bela monja*,[10] cinco centavos o fascículo?

---

10. O romance de folhetim *A bela monja* foi publicado por Ned Buntline em 1866 na Filadélfia, Estados Unidos. O mesmo autor, prolífico, foi o primeiro

Toda a minha infância adquiria um som mais profundo e mais amplo que o de um sino mergulhado na água.

E o que eu estava fazendo vestido de arlequim, na frente dela? Todas as situações românticas, todas as cenas extraordinárias de folhetim então eram de verdade? Naquele momento, estávamos interpretando "O arlequim e a monja moribunda", e só me restava tocar ao violão uma serenata de outrora para que a bela Corinde (até o nome, até o nome era de romance) pudesse ouvir mais uma vez, antes de morrer, antigos acordes de nostalgia.

Toda a realidade por vezes contribui para o romantismo, mesmo para sua própria falsificação, até as raias da artificialidade. É um dos recursos de sua imensa diversidade.

No momento em que quisemos deixar o quarto, a doente pareceu começar a engasgar, o médico se esforçou por descolar os maxilares e enfiar em sua boca o tubo do balão de oxigênio, mantendo-os abertos para que não o arrebentasse e engolisse os cacos. Era uma cena que o romancista não previra em seus fascículos.

O quarto estava tomado por um aroma agradável de incenso, deixaram queimar especiarias a tarde toda, conforme o desejo da doente. Ao nos vermos no corredor, fomos atingidos pelo ar frio e penetrante da noite. Não havia mais ninguém no salão, as luzes estavam apagadas e os móveis, revirados; pelas grandes vidraças que davam para o jardim, à claridade incerta do céu noturno, podiam-se ver flocos de neve caindo lentamente. Para onde haviam ido todos?

Para os quartos haviam subido só os doentes que dependiam de maca; os ingleses, o motociclista e as duas enfermeiras estavam num bosque ao lado do sanatório, foi o que disse o cozinheiro, que lavava a louça.

— Foram todos para o bosque... com o farol da motocicleta. O senhor os encontrará fácil... devem estar na clareira... não tem como se perder... sempre reto pela trilha.

— E então, vamos? — perguntei à amiga marquesa.

romancista das aventuras de William Cody (Buffalo Bill), num romance de folhetim mencionado em *Acontecimentos na irrealidade imediata*. [N. T.]

Ela já vestira o casaco no vestíbulo e abria a porta devagar. De muletas, segui-a.

Havia de fato um caminho reto no bosque, mas não se via nada no escuro e, para nos atermos a ele, guiávamo-nos pelo brilho tênue da neve que o cobria. Ao adentrarmos no bosque, a poucos passos do sanatório, a escuridão se fez tão densa quanto aquele universo feito de abetos. Ao fundo, no entanto, vislumbramos um brilho intenso, e nos dirigimos até ele.

Estava quente e confortável na clareira, a neve não penetrara ali, as agulhas secas dos abetos formavam no chão tapetes macios e perfumados, havia bancos para descansar em derredor, e o farol de acetileno da motocicleta propagava naquele aposento vegetal uma luz ofuscante, em que o uniforme das enfermeiras adquirira um brilho extraordinário. Todos estavam bem embriagados, rolavam no chão pela maciez das agulhas de abeto e cantavam letras obscenas. Estavam todos de roupa normal, e o jovem motociclista desistira do turbante. Eu era o único com fantasia de carnaval, arlequim perdido na noite, em algum lugar daquele bosque denso, à luz de um refletor. O que eu estava fazendo ali, não sei, assim como não sei quem era, nem o que era aquele agrupamento, nem o que era aquele volume de luz em que me metera.

Em torno de nós a escuridão jazia como um vinho espesso, nós criáramos um cantinho dentro da noite e o ilumináramos e nos aninháramos no nosso aposento de luz enquanto, ao nosso redor, o sono e os sonhos dissolvidos no escuro lentamente se filtravam do vinho da escuridão para dentro das caixas cranianas das pessoas dormindo, embriagando-as com seu álcool forte de imagens e visões terríveis. E lá, num leito de sanatório, jazia "a bela monja" com sua migalha de luz e sua lamparina que se consumia aos poucos na noite, evaporando-se na escuridão. Na mesma escuridão em que expiraram e evaporaram tantas vidas, e que continuava grossa e espessa, sem apresentar qualquer vestígio das vidas que por ela escorreram.

E lá estava eu, arlequim de roupa bizarra na madrugada profunda, sim, profunda, porque nela se afogavam vidas sem deixar rastro, e eu não entendia, e me esforçava por entender alguma coisa, mas não entendia nada. E cantava uma melodia, e minha boca pronunciava palavras junto com todos os outros que cantavam, mas eu não entendia. Na madrugada profunda se afogava também o nosso canto, sem deixar rastro.

Era tarde, e eu com aquela roupa bizarra, em plena luz.

XVII

NA escuridão evaporam as vidas humanas, da escuridão vêm e na escuridão se espalham como fumaça os sonhos dos que dormem, na escuridão desaparecem a realidade do dia e todos os objetos nele contidos, a escuridão absorve e dissolve. Na água da escuridão apenas os sons ainda flutuam como toras grossas, levadas pelas ondas, objetos audíveis e impossíveis de apalpar, um grito na escuridão, um fio de arame fino tão esticado que não se pode apanhar, um ronco, casquinhas de silêncio caem da noite na escuridão e preenchem o quarto e não podemos pegá-las com a mão, não podemos apanhar um punhado de ronco, um punhado de cascas sonoras para atirar na bacia com água, por exemplo, como cascas vazias de amendoim.

Na escuridão, a matéria se escamoteia e realiza truques de prestidigitador.

— Observem bem, por favor, nada nas mãos, nada nos bolsos... só vou acender um fósforo...

E eis o armário, eis os lençóis e a minha mão.

Existem diferentes qualidades de escuridão, com idades distintas como estratos geológicos, existe uma escuridão porosa, logo antes do sono, que se recheia de zumbidos interiores e de palavras do corpo como uma esponja que se impregna de água. Existe uma escuridão de cinematógrafo, em que a obscuridade escorrega por cordas de luz e, na ponta, baila em sombras e luzes numa tela, acompanhada por música, e existe uma escuridão que não contém nada, dura e seca como carvão, que fica no fim do corredor pelo qual passamos depois de respirar clorofórmio bem fundo.

Nas conversas pós-operação, pergunta-se aos doentes que sensação tiveram e o que viram durante o sono anestésico enquanto estavam estirados na mesa de cirurgia. Perguntaram a mim também, e não fui capaz de responder nada, porque não senti nem vi nada, nem montanhas cinzentas, nem silêncios dotados de um som profundo, nem espaços imensos pelos quais flutuasse. Talvez eu não tivesse visto nada disso por ter dormido muito profundamente, muito mais profundamente do que os outros.

Mas eis o que aconteceu: é sabido que, na mesa de operação, todos os doentes se debatem até adormecer, e se recusam a respirar o clorofórmio. No entanto, ao ser anestesiado para a cirurgia, para o grande espanto da médica que ajeitou no meu rosto a máscara de inalação, pus-me a aspirar com força o anestésico até o fundo dos pulmões, até a exaustão, como se estivesse com sede e houvesse há muito esperado por respirar o anestésico. Houve tanta violência no meu desejo de absorver, em poucos segundos, o conteúdo do balão, que, para decerto evitar uma síncope e para eu não estragar o aparelho respirando com tanta força, a médica tirou a minha máscara e disse: "Mais devagar, por favor, respire mais devagar senão você vai quebrar o balão do aparelho. Você é um doente extraordinário, em geral todos repelem com desgosto o clorofórmio".

A explicação, porém, era completamente outra, e eu a mantive escondida no meu íntimo. Ao saber que tinha de ser operado, disse para mim mesmo: "Eis uma ocasião maravilhosa para dar cabo da vida de maneira simples e indolor". Fazia tempo que essa ideia zanzava pela minha mente, e começara a se transformar em desejo ardente. Algumas vezes, aliás, tentei me suicidar, sem sucesso. Era também bastante covarde. Precisava de algo certeiro, bastante simples e indolor.

— Quando me administrarem o clorofórmio, vou engolir com força até a dose fatal — dizia para mim mesmo. — É uma morte simples e fácil, e ninguém vai ficar sabendo que me suicidei…

Aquela escuridão foi pesada, opaca e densa, mas não foi definitiva. Ao despertar, o quarto se apresentou oblíquo, deslocado quase todo em ângulo reto, e só depois de alguns segundos ele restabeleceu o equilíbrio, como naqueles filmes de cinema em que, durante alguns instantes, a câmera muda de inclinação e toda a paisagem escorre para baixo para retornar exatamente à posição anterior no momento seguinte.

Para mim, aquela escuridão não foi suficiente e ainda espero com imenso desejo, com calma, com uma paciência por vezes exasperada, a escuridão definitiva da morte. Até lá, restam na minha vida a noite e a chuva, a noite pelos sonhos e sua escuridão benfazeja, e a chuva pela tranquilidade, por toda a tristeza, por toda a melancolia que, ribombando em rajadas d'água e nos véus levados pelo vento, se atira à janela, em torrentes que marmorizam a vidraça com raízes e árvores de gotas deslizantes.

Na minha janela, ou melhor, mais exatamente na janela da cabine de trem em que me encontro sempre quando chove, naquela vidraça coberta de gotas que não têm tempo de terminar seu trajeto, embaçada, porém transparente o bastante para se ver através dela, os campos cinzentos e úmidos giram e se precipitam correndo, os cabos telegráficos sobem e descem misteriosamente, e a fumaça azulada da locomotiva se desfaz em laços delgados, umedecidos pela chuva e desmanchados pelo vento.

Nos dias ensolarados, escondo-me num quarto sombrio e durmo o dia todo, em busca da escuridão debaixo das cobertas, detesto o sol. Só quando chove a minha alma exfolia suas próprias alegrias como uma planta gordurosa que precisa de água e que cresce melhor na umidade. Quando chove, viajo em cabines quentes, enquanto o trem avança pelas planícies e as gotas embaçam a vidraça. É minha viagem mais frequente e a mais bonita. Às vezes durmo dentro do trem e quando acordo já é noite, a luz está acesa e, lá fora, o trem atravessa pequenas estações de iluminação anêmica, encharcadas de água, plataformas negras e luzidias de água, com um chefe de estação com capa e quepe vermelho, saudando o trem, saudando a chuva.

No raio de alcance dos lânguidos lampiões aparecem e desaparecem, às pressas, os ramos e folhas amareladas das árvores outonais e aquele pedacinho iluminado da coroa murcha com folhas encarquilhadas parece ainda mais pobre, mais engelhado de frio, mais outonal, enquanto as acácias em torno da estação ferroviária jazem na noite, encharcadas de água até a medula. É outono, e a minha viagem faz anos que não termina, e a chuva não para, e o chefe de estação saúda sem se cansar.

Quando eu chegar, será a grande estação da escuridão.

De charrete, em Berck, percorria quilômetros na chuva, e pela minha face escorria a água como por uma máscara de faiança que alguém quisesse lavar, enquanto o resto do corpo, estirado sob a goteira, permanecia coberto por um tecido duro e impermeável, numa tenda íntima feita na medida da charrete, onde estava sempre seco e quente e cheirava a feno podre e a ranço de rédeas besuntadas.

Dunas se estendiam ao redor da cidade, acho que todas as cidades têm as suas zonas de silêncio e solidão, onde as alucinações vêm delirar e os ciganos montam tendas. Nas dunas em torno de Berck, a solidão é, no entanto, arenosa, corcunda e espinhenta, nas dunas crescem plantas como espadas, cortantes e luzidias mesmo debaixo de chuva, e grupos de espinhos azulados com folhas carnudas.

Quando chove, a extensão das dunas parece infinita e, do alto de uma das colinas mais altas, um mar cinzento de plantas e ervas daninhas se estende como uma mancha quase seca de lepra, enquanto a solidão em derredor se torna de súbito sensível como a dor num hospital ou o silêncio num cemitério, e sentimos que só existimos na solidão, o ar se esvazia sem parar e nos deixa sozinhos e desolados, numa paisagem suja, úmida e simples como um lençol deixado de molho. E o céu deixa de existir, tornando-se uma chuva mais condensada, um pouco mais luminosa e mais consistente esticada por sobre a cabeça, um teto de estufa morna em que a umidade necessária às plantas aumenta até encharcar as paredes e saturar o ar de água.

Há solidões na chuva, na periferia da cidade, e conheci uma idêntica na minha cidade também, junto ao rio, no aterro. Quando passeava por ali, meus pés afundavam naquela pasta suja, podre e fedida, da qual brotava uma perna de cadeira, uma lata de tampa escancarada, um cachorro morto, dormindo sossegado em companhia dos vermes que fervilhavam alvacentos depois de eu virar a carcaça, pedaços de fitas extraordinariamente azuis, e uma ou outra planta de folhas que se alimentavam da podridão, frágil o bastante para não resistir ao tumulto do lixo, todos aqueles restos e vestígios de vida, destroços de um navio afundado naquele mar imóvel e viscoso, fumegando na chuva, fedido, *ah!*, fedido...

Acho que, ali, as meninas, minhas amigas, encontrariam miçangas esplêndidas. Na infância, morei ao lado de uma loja de miudezas, que vendia também miçangas aos camponeses, miçangas pequenas e sobretudo vermelhas, como gotas de sangue coagulado, ou vítreas como gotas de mercúrio, ou grandes e azuis como moelas vazias do pescoço de um peru. Todos os baús contendo o lixo dos locatários ficavam enfileirados no quintal comum junto ao muro, e era ali que as meninas vinham procurar miçangas, minhas amigas, no baú do comerciante de miudezas; faziam-se presentes em especial de manhã, depois que traziam o lixo varrido da loja, pois o comerciante, que era míope, ao vender as miçangas, deixava sempre cair alguma, e as meninas remexiam na miséria onde a esposa dele vinha também jogar a cabeça e os pés da galinha do almoço, junto com as vísceras que pareciam colares meio elásticos e úmidos, mas esplêndidos, com reflexos avermelhados e irisados e nuances azuladas, por vezes até em relevo, quando o intestino estava cheio de grãos por digerir. Aos colares de tripa se misturavam também as miçangas, e as meninas remexiam com varas compridas e retiravam com delicadeza, quando surgia, a *miçanguinha* refulgente.

Mas para encontrá-las mais numerosas e mais bonitas, seria necessário ir até o lixo da periferia da cidade. Havia lixo suficiente para procurar miçangas a vida inteira. Lá encontrei gente suja, com sacos nas costas, que o vasculhava devagar, atenta. Acabavam surgindo objetos de metal, de madeira podre e, à medida que se vasculhava, surgia tudo aquilo que havia nos lares, nos aposentos em que as pessoas passam a vida de todos os dias, os objetos mais caros que elas compram nas lojas e que levam para dentro de casa embrulhados em papel fino de seda para os posicionar em prateleiras, todas as suas coisas que lhes são caras e queridas, pelas quais berram tanto quando um empregado as quebra ou desaparecem ou estragam um pouquinho, tudo isso chegava aqui em fragmentos, arrebentado, estragado, com um aspecto lamentável, misturado a tripas fedorentas e vermes no lixo que fumegava a própria sujeira debaixo da chuva.

Tudo o que rodeia a vida das pessoas é destinado aos vermes e lixo, assim como o corpo delas; o ser humano termina em fedor junto com todo o cortejo de objetos sofisticados de sua vida. Tudo está destinado à corrupção e à podridão, eis o que aprendi no aterro, e essa lição me penetrou até a medula, de modo que não me apego a nenhum objeto, nem mesmo ao meu próprio corpo.

Tudo vai apodrecer para depois ser absorvido pela escuridão, para sempre.

XVIII

Q UANDO comecei a me sentir mais firme com as muletas e a caminhar melhor com elas, meus passeios se prolongaram até o vilarejo. Acreditava que, enfim, poderia conhecer mulheres esplêndidas e participar de uma sociedade de jovens amadores de festa e diversão. Tudo isso aconteceu em grande parte, mas de maneira diferente da que eu previra.

Para entrar numa outra clínica, qualquer pretexto era bom — meu médico morava numa clínica colina abaixo, uma clínica de excelente reputação, com muitos aposentados e o renome de um grupo seleto de pacientes — e para entrar lá bastava ir com uma radiografia na mão para pedir explicações ao médico. Para chegar mais rápido, utilizava um desvio que passava pelo pequeno bosque ao lado do meu sanatório. Era uma trilha estreita à margem das moitas e bastante inclinada. Lembro-me desses detalhes pois, um dia, essa trilha me fez perceber o desespero, a ferocidade com que eu partia atrás de mulheres bonitas.

Era um dia seco e ensolarado de primavera, e alguns doentes lá de baixo tinham vindo até o pequeno bosque. Com as muletas nas axilas, vestido a passeio e de cabeça descoberta, eu descia a ladeira rumo à clínica do médico. Estava tão absorto pelo pensamento de entrar em aposentos desconhecidos, e tudo parecia tão sossegado, que, no meio da trilha, ao surgir uma mãe com o filho, foi-me impossível perceber aquele fato tão simples e visível de longe. Percebi a minha selvageria, no entanto, quando me aproximei deles: a mãe, ao me divisar e me olhar por um instante de olhos arregalados e assustados, puxou, com um gesto brusco, a criança do meu caminho e se enfiaram ambos na moita para me liberar a passagem, como se eu fosse um carro ou uma fera desatada. E, naquele momento, percebi que de fato eu estava desatado e que descia como um turbilhão a passos largos, com face congestionada, cabelo desgrenhado, como um ébrio asselvajado pela bebida. Estava asselvajado pelo meu álcool interior.

Ao chegar à clínica e abrir a porta, o vidro sempre rangia e eu sempre achava que o rangido se devia ao fato de não ter sido bem instalado na moldura, mas naquela tarde descobri que o tremor do vidro era o prolongamento, mais amplo e mais sonoro, do tremor da minha mão.

Dentro da clínica, não perguntei a ninguém pelo médico, para poder passear pelos andares, pelos corredores, para conhecer os aposentados e conversar com eles. Certo dia, porém, descobri algo inesperado e que parecia ter sido feito especialmente para mim (encontrava sempre muitas coisas que pareciam ter sido feitas especialmente para mim...).

Colado na porta de um corredor, vislumbrei um anúncio escrito à mão, com um lápis azul de ponta grossa:

> *Désirons visites.*
> *Wanted callers.*[11]

11. Em português, "Desejamos visitantes." [N. E.]

A mesma coisa ainda em dois idiomas, sendo que um deles eu desconhecia por completo.

Era o que eu desejava, visitar.

Por um instante imaginei, diante da porta, antes de bater, que encontraria lá dentro uma moça esplêndida, a mulher dos meus sonhos. No quarto, contudo, apoiado em travesseiros, estava soerguido na cama um senhor míope de óculos com lentes muito grossas, com armação de aço, encavalados na ponta do nariz, segurando um livro enorme, que folheava atento. Era um volume de direito comercial dinamarquês, e aquele senhor, após nos apresentarmos, revelou ser um advogado de Copenhague, quase curado, mas terrivelmente entediado, por isso o cartaz na porta. Não pude mais deixar o quarto tão rápido quanto desejei, pois ele acabou me segurando ao começar a contar detalhadamente a história da sua doença, mais fungada do que contada, pois fora operado nos seios paranasais e ainda tinha algodão enfiado profundamente nas narinas.

No final das contas, minha paciência foi recompensada, pois, no momento em que quis sair, entrou no quarto uma jovem, de outra clínica, dinamarquesa também ela, que costumava visitar o compatriota padecente e trocar os jornais e revistas que recebiam. Era uma jovem, loira como o amarelo do ouro, sublime e bem proporcionada, usava um vestido comprido e uma echarpe de seda em torno das coxas, de uma seda tão amarela quanto o cabelo, tinha olhos verdes, de um verde intenso extraordinário, mãos delgadas, mal falava francês e em poucos segundos conseguiu fazer com que eu me apaixonasse por ela.

Disse-me onde morava, não muito longe dali, e que não tinha muitos amigos. Pedi sua permissão para, de vez em quando, ir visitá-la, e ela concordou com prazer. Disse-lhe que iria já no dia seguinte.

E passei a noite toda pensando nela. A noite toda mesmo, pois senti uma dor terrível na coxa e tive febre. Fiquei até preocupado se seria capaz de caminhar até lá.

Na manhã seguinte, nevava bastante, o céu estava encoberto e a trilha que levava até a estação do funicular, coberta por um estrato grosso de neve. Minha cabeça zunia de febre e as coisas rodavam um pouco ao meu redor, como quando, na infância, eu rodava muito tempo no mesmo lugar até ficar tonto e quase desmaiar; quando eu parava, eu caía e o mundo continuava girando em derredor como um disco de gramofone, devagar, comigo no centro. E minha coxa doía cada vez mais, formara-se uma calosidade que impedia os movimentos normais, minhas faces ardiam enquanto transpirava terrivelmente. Apesar disso, doente como estava, meti as muletas sob as axilas e me dirigi ao funicular. Ao meu redor nevava, a luz era tênue, eu avançava por entre os flocos que, aderindo ao meu rosto ardente, derretiam e me refrescavam com arrepios de gelo; era uma trilha que subia por entre os abetos e eu arfava de maneira constrangedora para subir mais rápido.

Quando cheguei na estação, contudo, o funicular tinha acabado de partir e já estava dentro do túnel que começava logo ali. Acho que o coração do chefe de estação se partiu ao me ver tão triste com o atraso e, com um assobio estridente na direção do túnel, deteve o funicular no meio da escuridão. Com certa dificuldade, orientando-me pela luz vermelha da traseira do vagão, alcancei-o e embarquei numa das cabines. Pude então repousar maravilhosamente o meu esqueleto no banco e, assim que o funicular se pôs de novo em movimento, uma moleza doce me invadiu e me fez adormecer levemente, mantendo-me atento para descer na devida estação. Mas aquela moleza foi tão intensa, que pela estação percebi ter desembarcado mais abaixo do que devia. Era tarde demais e não tinha mais como parar o funicular, de modo que tive de descer um pouco para depois subir de novo, devagar, até a clínica da moça que estava indo visitar.

Todos esses detalhes têm a função de delinear de maneira precisa, espero, o meu estado de espírito e o tremendo cansaço que me dominara. Foi especialmente aquele trecho que tive de subir inutilmente que mais me exauriu e enfureceu. Enfim, ao entrar na clínica, disseram-me que a moça que eu procurava não estava. Já estava furioso, e era capaz de esperar qualquer coisa exceto aquilo, pois naquela mesma manhã eu lhe telefonara e perguntara se podia ir, e ela me respondera que me aguardava "com muito prazer".

Com imenso amargor abri a porta da clínica para ir embora. Justo naquele momento, surgiu na soleira a moça dinamarquesa, segurando um pacotinho.

— Por favor me perdoe, apressei-me até a confeitaria para termos alguma coisa para acompanhar o chá...

E me puxou para dentro, aliviando-me do cachecol e do casaco, esfregando minhas mãos para aquecê-las, extraordinariamente expansiva e amistosa. Senti-me logo invadido por sua extroversão e esqueci quase todo o cansaço.

No quarto para onde me levou pairava um aroma de chá de qualidade e lavanda, pela janela do terraço viam-se, à distância, os montes nevados, tão decorativos e teatrais que todo o aposento assumia um ar de cenário, sobretudo com a colcha de seda amarela da cama e as paredes pintadas de azul-claro, dava-me vontade de falar num tom que eu usava no passado, quando costumava, junto com um amigo de infância, imaginar que interpretávamos uma peça:

— Ah! Estimado barão, vossa mercê se recorda, no ano da graça de 1896 estávamos em Menton, se não me falha a memória, e tomávamos chá no palácio da marquesa de Villemesson, *eh! Eh!* Vossa mercê tem notícias dela?

Ao me deitar na cama, porém, aceitando o convite da jovem para repousar melhor e me esticar confortavelmente, percebi que não seria capaz de interpretar nenhuma peça imaginária com suficiente calma e segurança. Estava terrivelmente exausto e só então me conscientizei disso. Todo o cansaço e nervoso do caminho ora se precipitavam sobre mim e o meu corpo fervia por inteiro, como um líquido numa panela em fogo baixo. Nos braços e em todas as fibras musculares, na cabeça, no peito, na ponta dos pés, por toda a parte o líquido zumbia com um peso e uma densidade que até então jamais sentira. Existe, na química, uma água mais pesada que a normal, com características especiais e que, justo por esse motivo, se chama "água pesada". Pois então, creio que, no meu corpo, o sangue se tornara "sangue pesado", como ela.

Estava a ponto de dormir, mas, com todo aquele cansaço, nem era capaz de fechar os olhos, pois o torpor que me dominava se misturava igualmente a uma extraordinária irritação, a uma grande sede de me agitar, de falar, de movimentar as mãos e os pés, de caminhar talvez, e com certeza teria caminhado se ao mesmo tempo não me detivesse a dor na coxa inchada. Assim, compreendi de repente que fizera um esforço demasiado grande, demasiado doloroso a fim de vir tomar um chá com biscoitos, mesmo em companhia de uma moça bonita de olhos verdes e cabelo loiro como palha. Precisava de muito mais e merecia muito mais, foi essa minha conclusão.

Quando ela se aproximou, sentando-se ao meu lado na borda da cama e perguntando se me sentia bem, peguei-lhe as mãos e as beijei, e em seguida puxei-a na minha direção. Creio que meus gestos foram tão velozes e febris que não deixaram espaço para qualquer hesitação. E para a minha extraordinária surpresa, a moça não protestou nem mesmo quando comecei a despi-la. Eu fazia jus àquilo, fazia jus a tudo. Em poucos minutos, ela estava só de camisola, longa, de seda grossa, agradabilíssima ao toque. Ao vê-la deitada ao meu lado, a ebulição dentro de mim ora encontrara naquele corpo desconhecido um recipiente para a irritação e as dores até então acumuladas. A cada carícia, a cada beijo naquela pele cheia de frescor, fina e um pouco fria, senti minha inquietação diminuir até a mais absoluta calma.

Quando abri os olhos, era tarde da noite, a moça estava no quarto com outro vestido, meu sono durara algumas horas.

— Olha aí, você não tem vergonha... caiu no sono ao lado de uma mulher pelada.

E deu uma risadela.

Toda a exaustão me abandonara e me deixara mole como uma boneca de pano, inerte, mergulhando-me num sono pesado, sem sonhos.

Nos dias seguintes, continuei a visitá-la e ela se despia dócil, admirável, jamais cansada e sempre cheia de surpresas para mim.

Enfim, encontrara a mulher bonita com quem eu vinha sonhando anos a fio, imobilizado no gesso. Agora, quando passeava pela clínica, relatava a ela tudo o que eu via; se o faxineiro que esfregava o corredor não se afastava para me deixar passar, eu dizia para mim mesmo, com certo orgulho:

— *He, he,* se você soubesse que mulher pelada bonita eu vejo toda tarde...

Às vezes um eco distante dentro de mim tentava tecer um diálogo:

— Ele talvez não se interesse... é membro da sociedade de abstinência.

E um outro eco respondia:

— Mas justamente por isso.

De qualquer modo, relatava a ela tudo o que eu fazia. Levava agora para passear um tédio orgulhoso pelos corredores, sabia que uma moça esplêndida, estupenda a mim se apresentava nua, e que tudo o que eu tocava e tudo o que eu fazia se derretia à luz extraordinária daquela nudez.

Ela pediu que eu lhe desse um nome, chamava-a de "Simples", que mais tarde abreviei apenas para "Si", mas o seu nome de verdade era Gerta, nome que jamais pronunciei.

Com a chegada das chuvas de primavera, a neve derreteu e, para ir até a clínica onde ela morava, eu tinha de atravessar uma lama densa e grudenta, de modo que chegava sujo e exausto e, após tirar os sapatos, me atirava na cama, mergulhando na delícia do repouso, antes de qualquer coisa.

— Sabe que em algumas semanas tenho que ir embora — disse-me ela uma tarde. — O médico me disse que estou curada, volto para Copenhague e o meu noivo vem me buscar.

— Você está curada? Você tem noivo? — perguntei e não sabia o que queria ouvir primeiro.

— Sim, as duas coisas... Percebo, porém, que até agora você nunca me perguntou por que estou em Leysin, e isso talvez nem lhe interessasse se eu não dissesse que preciso ir embora... Estou curada, e tenho noivo... curada de maneira bastante dramática, depois de uma operação complicada de uma peritonite extremamente grave... você viu minha cicatriz na barriga e até hoje não me perguntou do que é.

— Ah, acho que, quando olho para a sua barriga desnuda, penso em algo completamente diferente.

— Está bem, *ha! Ha!* — E deu uma risadela.

— Quanto ao noivo — acrescentou —, posso lhe mostrar...

Pegou uma fotografia grande, emoldurada, em que um loiro jovem e sonhador fitava, com olhos claros, um facho extraordinário de luz vindo de cima.

— Para simplificar as situações, mantenho-o dentro da mala...

— Você é realmente simples... E quando é que você disse que ele vem?

— Dentro de alguns dias, vai ficar um mês aqui comigo... e então, claro, não poderemos mais nos ver como agora... enfim... compreende... estou noiva.

E dizia tudo isso com bastante firmeza. Isso era também uma maneira de compreender as coisas.

Imaginei, no entanto, que o noivo não ficaria o tempo todo com ela, que ele sairia para fazer passeios e nos deixaria sozinhos.

Nos primeiros dias após a chegada do noivo, Si absolutamente não me telefonou, nem me enviou mensagem alguma; um dia, porém, mandou avisar que viria me visitar, junto com o noivo, na clínica onde eu estava, para tomarmos um chá naquela mesma tarde.

Era um dia bonito, ensolarado, de modo que sugeri ficarmos no terraço, onde havia mais espaço; tinha chamado inclusive um amigo que queria ficar estirado ao ar livre. Estávamos alegres, bem-humorados, o noivo, jogador apaixonado, propôs ao inglês uma partida de xadrez, que acabou absorvendo os dois. Estávamos agora Si e eu como que sozinhos e, com o pretexto de lhe mostrar no quarto não sei que gravura, chamei-a para dentro e, ao fechar a porta e tentar beijá-la, ela me rejeitou com um gesto de certo modo brutal e decidido.

— O que você quer? — perguntou ela, surpresa. — Você bem sabe que estou noiva e que o meu noivo está aqui... permaneçamos amigos... e nada mais...

— Certo, mas quando vocês estavam distantes um do outro, vocês também não eram noivos?...

— Sim, mas estávamos longe, a milhares de quilômetros e, a uma distância tão grande, a força do noivado se dissolve no ar. Para isso, há as cartas, que de vez em quando trazem um pouquinho de "noivado concentrado" e, nos dias em que as recebia, eu não te recebia... deixava evaporar por um dia, e então a carta perdia o vigor e o perfume, como uma flor que exala um aroma cada vez mais fraco, cada vez mais impreciso... até perder todo o perfume.

Naqueles dias, senti pela primeira vez o que é o ciúme e, apesar de lógica e clara, a explicação da minha "namorada" não me contentou. Creio ter tido crises muito mais intensas e dolorosas do que as do meu sofrimento físico. Para falar delas, talvez, eu tenha contado esta história, pois me parece que um dos fatos mais surpreendentes do mundo e da vida de uma pessoa é suscitar, neste ajuntamento morno de músculos, intestinos e sangue que é uma pessoa, um sofrimento que não depende deles, que não depende de nenhuma alteração orgânica exterior, nem de nada que possa ser apalpado ou visto, surgindo do nada na escuridão interior, e corroendo tudo num terrível sofrimento que não contém um único átomo de matéria em sua constituição. É assombroso e enlouquecedor. Creio que a vida humana seja trágica por causa desse nada que pode doer tão amargamente e que se torna aceitável quando, num só instante, um nada diferente nos distrai de outro que nos faz sofrer. E assim vivemos todos os dias da vida nesse vazio sensível, em contrações dolorosas e incompreensões definitivas. Nesse vácuo criamos sentimentos que são partículas de vácuo e que só existem no nosso espaço imaterial interior, e nesse vácuo achamos que estamos vivendo no mundo, ao passo que, na verdade, ele absorve tudo para sempre.

Tudo o que fazemos, tudo o que pensamos desaparece definitivamente no ar, para sempre. No ar desaparecem as nossas ações sem deixar rastro, ergo o braço e, logo depois do trajeto percorrido, o ar se refaz de imediato, apresentando-se límpido e indiferente, como se nada o houvesse atravessado.

Eis uma árvore esplêndida, uma árvore antiga e cheia de galhos, que por mais de cem anos não para de estender novos braços, abrangendo cada vez mais ar, cada vez mais volume, alçando-se e alargando-se. E eis que, quando se corta o tronco pela raiz e a árvore inteira tomba com todo o seu império de folhagem e sussurros, ali, no ar, no lugar dela, nada resta que possa recordar aquele empenho centenário e aquele esforço vegetal centenário de transportar a seiva até o cume, e a opacidade de milhares de folhas e a diversidade de milhares de ramos. No ar nada mais resta.

Ao passear pela rua, olhem ao seu redor, e constatarão que no ar nada permanece. Ao se calarem depois de falar, no ar nada resta daquilo que foi dito. Nessa transparência, mais terrivelmente trancada do que uma cela, debatemos e derretemos nossas ações. Tudo o que fazemos, tudo o que vivemos, deixamos derreter no ar, e o ar, naquele lugar, se refaz sem revelar marcas. Toda a claridade do mundo absorve a nossa vida. No entanto, nesse vazio funciona, no esconderijo de um corpo, algo que dói e sofre sem ser tocado por algo material, com pensamentos e sensações oriundos do nada, que são nada e que apesar disso torturam esse corpo interior, corpo este pronto também para desaparecer e se dissolver no ar.

Uma das minhas maiores estupefações é que, nessa condição do mundo, haja algo que se chame ciúme, que não pode ser visto nem exibido. E algo que se chame amor, e algo que seja dor, tudo isso oriundo do nada, mas tudo dilacerando pedaços de carne viva sangrenta por dentro. E essa estupefação também se dissolverá no ar. Talvez mais do que um inventário de acontecimentos, a narração dos meus pensamentos e lembranças deveria ser um inventário de quartos, cada um iluminado de um jeito, na maior parte das vezes com luzes mortiças e nostálgicas, quartos mergulhados em luzes de chuva, em que eu fico deitado de olhos abertos, assistindo à passagem da vida pelo meu corpo, mole, inerte, com a consciência cinzenta e a sensação de não existir mais.

XIX

NA longa série de quartos de sanatório em que morei, um após o outro, talvez o mais triste e mais dramático continue sendo o das margens do Mar Negro, onde, ao retornar do estrangeiro, tive de permanecer por alguns meses.[12] Era um sanatório vasto, que funcionava como uma usina. Ao som do sino eu me levantava, ao som do sino eu tomava minha refeição e ao som do sino ia dormir à noite. O dia todo zumbiam pequenas campainhas em torno da sala de operação e, no quarto de intervenção cirúrgica, carrinhos entravam e saíam sem cessar, como num laboratório em que a matéria humana era transformada, endireitada e aperfeiçoada. Numa outra sala, outros engenheiros, quero dizer, outros médicos, com assistentes vestidos de branco, faziam gessos, enquanto no fundo de um corredor, num quarto em que havia um aparelho niquelado cheio de cabos e parafusos, parecido com uma imensa rotativa, enfiavam corpos estirados para radiografia, exatamente do mesmo modo que, em algumas usinas, lança-se o material no forno. E tudo isso se desenrolava em silêncio, com gestos breves e sussurros os mais roucos possíveis.

Nos meses de verão, os doentes eram enfileirados no terraço, virados para o sol e para o mar, eram despidos e se bronzeavam ao sol. Na infância, passei anos extraordinários na casa de um avô meu, que tinha, na periferia de uma cidade do interior, uma fábrica de panelas de barro e toda sorte de vasos de cerâmica para as quermesses das redondezas, onde os vendia em imensas carroças. Gostava de passear sozinho pela fábrica, que eu conhecia muito bem. Num determinado lugar ficavam enfileirados sob o sol, do lado de fora, os vasos para secar e, ao avistar pela primeira vez os doentes enfileirados no terraço do sanatório com os corpos queimados pelo sol, cozidos, cor de café, cor de terra escura,

---

12. Blecher morou em Techirghiol-Eforie (que se chamava, naquela altura, balneário Carmen-Sylva), no sanatório C. T. C. do médico Victor Climescu, entre junho de 1933 e maio de 1934. [N. T.]

lembrei-me dos vasos de barro secando ao ar livre, no pátio da fábrica do meu avô. Eram também eles vasos secando ao sol; vasos, porém quebrados, aqui e ali remendados com gesso branco.

Os doentes permaneciam o dia todo no terraço e, ao entardecer, entravam no salão para comer e em seguida se deitar. O abrigo noturno ficava justamente na parte de trás do terraço, e era suficiente abrir as portas para aceder ao sol e ao ar do lado de fora, à beira-mar, a poucos metros acima das ondas. Era uma espécie de estufa comprida, uma espécie de estrebaria com inúmeras portas, todas de vidro, pelas quais a luz entrava mais agressiva e mais fria do que era lá fora. Os doentes ficavam enfileirados até o fim de uma enorme parede caiada, no fundo, um ao lado do outro, com os carrinhos colados, sem espaço para passar a não ser alguns passos até as portas da frente. No fundo, uma espécie de corredor esbranquiçado e higiênico, cheio de doentes e um falatório ensurdecedor. Acho que estavam enfileirados ali mais de trezentos carrinhos. Numa das extremidades, dois biombos de tecido fino separavam para os adultos, homens e mulheres, muito poucos, um espaço restrito.

Na primeira noite, após o tratamento ao ar livre, admirável, que realizei ficando na sombra à beira-mar o dia todo, esforcei-me por dormir junto com todos aqueles doentes dentro da estufa, ainda mais porque naquela noite começara a soprar um vento forte, que nos impediu — eu e alguns poucos doentes que desejavam isso — de dormir do lado de fora. Para nos aquecermos, fecharam todas as portas; de repente, a estufa abrangeu, em seu espaço de corredor branco e rarefeito, todo o rumor de trezentas crianças que, ao mesmo tempo, falam, sussurram, respiram, tossem e cantam.

Sobretudo cantam. Todos iniciaram, ao terminarmos a refeição, um coro de canções irritantes e conhecidas, com refrões de cervejaria, trezentas bocas que, em coro, as entoavam quase que berrando, algo totalmente impossível de descrever, um uivo sonoro e violento como uma tempestade de sons. Tive a impressão de que as paredes desabariam como um edifício condenado, que o teto desmoronaria e que as vidraças das portas se estilhaçariam sob aquele ataque sonoro que se revelava cada vez mais ameaçador.

Tudo teria sido suportável, se o barulho na verdade não assumisse o papel especial de encobrir e ocultar discretamente outros barulhos mais miúdos e de origem bem diferente. Era uma espécie de cortina sobre os borborigmos e as cólicas daquelas trezentas crianças que, à noite, antes de dormir, faziam suas necessidades intestinais. Em poucos minutos, uma tempestade de cheiros atrozes e vertiginosos nos atravessou junto com a tormenta musical. Era só o que faltava! Os ouvidos talvez sejam extraordinariamente resistentes, talvez pudessem suportar a corrente de canções neles despejada ininterruptamente, mas tenho certeza de que nenhum nariz seria capaz de absorver aquelas toneladas de fedor, cisternas de cheiros e vertigens que invadiam, invadiam sem cessar a estufa, apresentando a mesma fúria com que o canto era expelido das bocas todas.

Tudo, confesso, eu poderia suportar, exceto aquilo, de modo que solicitei passar a noite no edifício do sanatório e voltar ao terraço só de dia para o tratamento, o que, com muita boa vontade — naquele sanatório havia gente atenciosa e de muita boa vontade —, foi aprovado. Rapidamente fiz amizade com as crianças doentes, algumas vinham sempre até minha cama me pedir para ler os versos que escreviam, ou me mostravam álbuns de selos, nos quais eu acrescentava os selos das cartas que recebia do estrangeiro. Era um sanatório tranquilo, onde eu levava uma existência calma e onde, apesar de tudo, vivenciei momentos de horror, alguns momentos de desespero e outros de grande amargura.

Tudo se passava comigo numa atmosfera alucinante, extraordinária. Havia um quarto pequeno no primeiro andar, no fim do corredor, com vista para o mar. Quando abria a janela e contemplava o horizonte, enquanto atrás de mim se acumulava todo aquele edifício maciço do sanatório, o quarto a mim se apresentava como o promontório de uma costa rochosa sobre as ondas, atingido por ventos — e os ventos, quando rodeavam o edifício, uivavam em torno do pequeno quarto com uma ciranda de urros sinistros —, e eu gostava desse quarto como um promontório, ou como uma cabine de comando, em cujo leme eu estava, conduzindo o sanatório — navio imenso — por entre as ondas e as tormentas da noite.

Era o único quarto disponível, onde eu podia ficar sozinho e com certeza não era habitável. Poucos dias antes de eu me instalar nele, funcionava como depósito de roupa suja, objetos de limpeza das faxineiras e, em especial, ratoeiras.

Ao solicitar o quartinho, olharam-me como um demente e me alertaram que era muito pequeno, muito frio e cheio de camundongos. Havia de fato um ninho de camundongos; quando abri a porta pela primeira vez, eles começaram a correr e a guinchar por toda parte, desaparecendo em seguida nos seus inúmeros buracos na parte de baixo da parede, junto ao chão de cimento. Era quase inverno; até então, eu tinha ficado no sanatório, na medida do possível, dividindo um quarto com outro camarada, mas uma sede extraordinária de solidão me atingira, o que me levou às mais insistentes diligências junto à administração, até receber o quartinho. No fundo, dizia para mim mesmo, seria necessário apenas tapar os buracos dos camundongos, colocar um armariozinho e uma mesinha, pintar tudo, limpar as janelas e trazer o meu carrinho. Trabalho de um dia.

Depois de vários pedidos insistentes, tudo foi feito exatamente conforme o meu desejo, e ainda hoje me lembro da imensa alegria que senti na primeira noite, na minha caminha, no quarto recém-pintado, sozinho, absolutamente sozinho. Em torno do edifício o vento uivava, as sirenes do porto rugiam ao longe, o mar roncava, era como se eu estivesse suspenso no meio de uma tormenta, flutuando na madrugada, liberto de gente, de sanatórios... No quarto reinava um frio terrível e o calorífero nem esquentava, pois com dificuldade os vapores quentes chegavam até aquele canto distante do edifício. Estava com frio, o vento uivava, mas eu me sentia tão bem!

Para me conceder uma satisfação ansiada nos meses de abstinência alcoólica, abri uma garrafa de vinho que trouxera escondida e a bebi quase toda sozinho. Era um vinho daquela região, com um gosto rude de estepe, um pouco acre, mas inebriante, forte o bastante para desorientar completamente qualquer um que não estivesse acostumado com ele. Ao esvaziar a garrafa, continuei suspenso no ar, mas agora como um disco de gramofone girando lento, mastigando uma melodia miúda, distante, perturbadora e difícil de compreender.

Era como se o quarto também tivesse bebido. No porto, a sirene bramia longamente como uma fera ferida, cessava e depois urrava de novo, das profundezas de seus pulmões de aço. Ao apagar a luz, o quarto parecia ter se revolvido, mas não era um simples revolver-se, e sim uma espécie de deslocamento caótico no vazio, acompanhado de uma espécie de abertura permeável das paredes, pelas quais escorria no espaço toda a sua matéria e toda a minha matéria humana — tanto o quarto como eu não pesávamos mais nada. Éramos um uivo aberto; o quarto, um uivo cúbico de paredes sonoras e efêmeras de escuridão, eu, um uivo interior e bem definido como uma gota de óleo flutuando no uivo de fora.

Quanto tempo fiquei assim? Uma hora, talvez, ou talvez algumas horas, até provavelmente adormecer num sono que não passava de uma continuação da tempestade que ora se desencadeava um pouco fora de mim. No momento em que senti a picada no olho, achei que um elemento rebelde se transformara na sensação exata e violenta que envolvera minha pálpebra e, por alguns segundos, enquanto as picadas continuavam no mesmo ponto, com a mesma intensidade, elas rapidamente se transformaram em diversas hipóteses, entre as quais uma, tenho certeza de me lembrar bem, era a de um cirurgião todo vestido de branco, ao meu lado, enfiando no meu olho um bisturi fino, luzidio, como uma adaga com a qual tencionasse furá-lo. Creio que em menos de um segundo expliquei para mim mesmo a presença do cirurgião e a operação que executava. Sofria gravemente de uma infecção que deve ter se alastrado para o olho, o que não era de se esperar. Quando despertei, procurei o cirurgião na escuridão. No mesmo instante, porém, senti um toque fugaz no meu rosto e, ao esticar a mão, atingi alguma coisa mole que escapou na mesma hora.

Com a outra mão acendi a luz, e então pude ver, correndo pela borda da coberta, o camundongo que mordera minha pálpebra. Ao mesmo tempo, outros camundongos confusos e assustados com a luz correram por cima da coberta, precipitando-se pelas rodas do carrinho. Na solidão do quarto, inebriado e anestesiado pelo vinho, com a mente repleta de sonhos, naquele quartinho em que nada se movia nos primeiros momentos, aquilo me pareceu de uma extra-ordinária comicidade; não sei o que exatamente era cômico, talvez o movimento rápido daquelas bolinhas, dando cambalhotas, que eram os camundongos vivos, a celeridade com que escapuliam… Dava vontade de rir, diverti-me, diverti-me enormemente e come-cei a procurar os camundongos pelo chão, olhando atento primeiro embaixo do carrinho, e depois saindo da cama e começando a caminhar pelo quarto, arrastando os pés pelo cimento gelado.

No canto da parede, onde os buracos haviam sido tapados, quase todos já estavam abertos de novo, redondos, profundos e ne-gros. "Belos", pensei, apreciando os buracos assim como o meu mé-dico apreciava as fístulas, dizendo: "Bela fístula, vermelha, redonda e profunda…" Com um palito, escarafunchei os buracos, mas nada se ouviu, e nenhum camundongo respondeu ao meu chamado.

Fazia um frio horroroso naquele cimento gelado, eu tremia muito, ao mesmo tempo o quarto visto de baixo me parecia quase todo desconhecido, era uma verdadeira excursão por regiões fan-tásticas. E os buracos, diante de mim os buracos negros e redondos abriam seus olhos de escuridão. Era como se me olhassem a par-tir de suas órbitas vazias. E permaneci mudo, estupefato, olhando para eles. Na minha frente, havia dois que pareciam mesmo órbitas cavernosas, como se eu me encontrasse no interior de um crânio vazio e olhasse para fora pelas órbitas secas. *Aha!* Era isso! De súbito me lembrei de tudo. Onde estivera minha cabeça até então?

Certa vez, foi na primavera, na neve que derretia, longe da cidade, nos campos descongelados com lixo fumegante ao sol e car-caças de animal, encontrei um cavalo morto, devorado por lobos durante o inverno, e que agora apodrecia no ar morno e úmido da primavera, num zunir de moscas e baratas que nele fervilhavam. Tudo era sujo, fedido, carnes verdes e estragadas com líquidos que escorriam viscosos por entre os músculos apodrecidos, mas a cabeça, ah, a cabeça era esplêndida, parecia de marfim, absolutamente branca, havia sido atacada primeiro pelos insetos que roeram a pele até o osso, deixando para trás um crânio sublime com grandes dentes amarelos descobertos, um bibelô artístico extraordinário para uma vitrine de porcelanas finas e marfins preciosos. Na parte da frente, os buracos dos olhos fitavam negros o sol alucinante e o campo em decomposição. Era um crânio tão puro e belo que parecia desenhado, realmente se podiam ver em detalhe todas as junções entre os diversos ossos, caligrafias esplêndidas e finas, escritas com uma destreza e um refinamento extremos.

E como é que eu não pensara nisso? Pois então, eram esses os buracos pretos que me fitavam, que me fitavam por dentro. Eu estava dentro do crânio, do crânio do cavalo, dentro do vazio seco e esplêndido de seus ossos ressecados. Seria o meu quarto um quarto qualquer? Seriam as rachaduras nas paredes rachaduras de verdade? Para todo canto que olhasse eu reconhecia o crânio, o interior ósseo e ebúrneo, as rachaduras nas paredes não passavam de articulações que uniam os ossos. E aquela fileira de objetos amarelos e compridos, sorrindo para mim. Seriam livros ou dentes? Eram dentes, eram realmente os dentes do cavalo, e eu estava dentro do crânio, do crânio dele. Atrás de mim, distante, estendia-se a carcaça em putrefação. Todo o sanatório apodrecia ali, estirado, totalmente decomposto, com as costelas para fora, fervilhando de baratas e vermes que lhe corroíam a carcaça. E não só as baratas o corroíam, havia também os camundongos que o atacavam e que mastigavam felizes a carniça, o sanatório podre, cheio de purulências e carnes decompostas, esquecido na tormenta, sob o grasno dos corvos e o uivo dos ventos.

Estava no cimento, tremia de frio e não sabia o que fazer.

Apêndice

Posfácio
O salto mortal que leva do instante à eternidade

LUIS S. KRAUSZ

Em *A doença como metáfora*, Susan Sontag destaca que nas sociedades modernas cada vez mais a morte e a doença são consideradas como elementos estranhos à existência humana e, como tais, afastadas da experiência quotidiana e isoladas em espaços físicos e psíquicos especiais. O doente e o moribundo são instalados em lugares exclusivos para que o mundo dos "vivos" permaneça livre de sua "contaminação", como se as esferas da morte e da vida nada tivessem em comum. O mundo dos "sãos", assim, é artificialmente separado daquele dos doentes, como se a verdadeira experiência humana fosse a da saúde e da vida, e a doença e morte fossem anomalias que devem ser cuidadosamente afastadas.

A morte, porém, até o advento da modernidade sempre ocupou um lugar central na vida social: basta pensar nas criptas das antigas igrejas, repletas de sepulturas; na importância que tinham na vida das cidades os grandes cortejos fúnebres; nos costumeiros cerimoniais familiares em torno dos agonizantes, em cenas tão frequentemente descritas na literatura, da Bíblia a Tolstói. Todos esses rituais foram destinados a uma espécie de exílio, desvirtuados, banidos para a assepsia e para a impessoalidade de instituições situadas para além das fronteiras da sociabilidade, numa espécie de território neutro e proibido, cercado por tabus.

É a esse exílio que se destinam, também, os que não são capazes de se adaptar às regras da produtividade, do lucro, da eficiência e do consumo, que são elementos determinantes da existência normatizada no mundo moderno. Com o advento da modernidade, os loucos, por exemplo, são gradativamente extirpados do convívio em sociedade e confinados aos muros dos manicômios, assim como os doentes crônicos e outros tipos "anormais".

AS DOENÇAS DA SOCIEDADE

As relações íntimas entre a doença e a sensibilidade estética, todavia, mais do que simplesmente investigadas, foram vivenciadas, exploradas e exaltadas por várias gerações de artistas românticos — corrente artística e estética obviamente indissociável do advento da modernidade, com sua nostalgia pelo mundo perdido da simbiose com a natureza, pelos ritmos já inexistentes de uma vida que, em vez de ser determinada pela vontade humana, era dada pela natureza e pelas circunstâncias. A figura do artista tuberculoso, cuja sensibilidade exacerbada, por um lado, e a fragilidade corporal, por outro, o excluem da sociedade burguesa secular, voltada para a matéria, para a acumulação e para o poder, é uma espécie de lugar-comum no universo estético romântico.

Assim, ao mesmo tempo em que as medidas "higiênicas" das sociedades modernas excluem essas figuras dos quadros da sociedade "normal", estabelece-se, no âmbito artístico, um verdadeiro culto à fragilidade e à doença, que passam a ser interpretadas como signos de uma natureza superior, vinculada mais às esferas da sublimidade do que ao mundo da carne e da substância, as províncias da saciedade burguesa.

Como escreve Susan Sontag, "o tratamento romântico da morte afirma que as pessoas se tornam singulares e mais interessantes por sua doença." Ainda segundo Sontag, os românticos moralizaram a morte de uma maneira nova: com a morte pela tuberculose, que dissolvia o corpo todo, eterificava-se a personalidade e expandia-se a consciência. Similarmente, era possível, através de fantasias sobre a tuberculose, fazer da morte uma coisa estética.

A estetização da doença e a "doentização" da estética parecem caminhar de mãos dadas, como as duas faces de um mesmo fenômeno: as almas sensíveis, incapazes de lidar com a brutalidade, com a pressa e com a violência da sociedade industrial e das metrópoles modernas, são associadas à fragilidade e à doença ao mesmo tempo em que a sociedade que as exclui é vista por essas almas sensíveis como doente, distorcida e desumana.

A doença como causa de exclusão e, ao mesmo tempo, o estabelecimento de uma ligação quase necessária entre o artista, portador de uma consciência superior, e a doença põem em evidência, paradoxalmente, as próprias doenças da sociedade na qual o artista é incapaz de viver, na qual não há lugar para ele, da qual ele não tem como participar. Eternamente dissociado de seu entorno e do meio social que o envolve, o artista encontra na doença um reduto onde pode se afastar da voragem e da pressa que regem as sociedades modernas, e onde pode exercer livremente sua liberdade, mergulhando em dimensões que jamais podem ser reduzidas ao cálculo.

Assim, em lugar do artista "orgânico" do mundo da épica e das sociedades fechadas — aquele que narra o mundo e a sociedade da qual participa —, temos, com o romantismo, e com o advento das desencantadas sociedades industriais e urbanas, um deslocamento de perspectiva: o artista busca tudo aquilo que *não* é parte do mundo corrupto, glutão e privado de magia em que vive, que, por sua vez, o rejeita. Tenta, ele também, manter-se "higienicamente" apartado de um mundo no qual não encontra seu lugar. Com o romantismo ocorre, portanto, um divórcio entre arte e sociedade: a única maneira que o artista tem para manter sua sanidade é a doença, que o mantém afastado de um mundo crasso, aparentemente saudável que, no entanto, lhe parece infecto, cruel e enfermo.

Um duplo jogo de espelhos constela-se aqui: o doente, que não pertence ao mundo dos sãos, contempla, do ponto de vista de sua doença, o mundo em que vivem os demais como uma anomalia patológica, ao mesmo tempo em que esse mundo também o vê como tal.

Na lírica de um "eu" dissociado da realidade imediata, o artista romântico encontra seu último abrigo.

O «SANATÓRIO» EM THOMAS MANN

A dialética distorcida entre uma consciência superior e um mundo que baniu a consciência da morte encontra uma de suas melhores representações literárias em *A montanha mágica,* de Thomas Mann, de 1924, talvez a mais conhecida de todas as obras literárias que têm como tema a vida nos sanatórios de tuberculosos e, implicitamente, as relações entre doença, sublimidade e normalidade no mundo moderno.

Ambientado em Davos, nos Alpes suíços, esse esplêndido romance tem como protagonista Hans Castorp, jovem alemão de família burguesa que, isolado dos prazeres e das ambições que lhe eram habituais, logo percebe que, por meio da rotina estável e sempre reiterada da vida no sanatório, é capaz de encontrar, em vez do tédio, o valor de cada instante, algo que até então, enquanto ele levava sua vida normal numa grande cidade, lhe passava despercebido. De fato, há um elemento que altera radicalmente a percepção do tempo de Castorp a partir do instante em que ele se vê confinado ao sanatório: a ausência da pressa. Sem a presença desse elemento diabólico, subitamente, cada um desses dias de sanatório, que aparentemente se sucedem de maneira idêntica, lhe parece transbordante de experiências fascinantes. Livre da prisão dos cálculos e das esquematizações racionalistas, o tempo dilata-se, adquire novas dimensões, torna-se feitiço. E é em torno do poder avassalador desse feitiço que se constrói o romance de Mann.

Ao entrar em contato com dimensões da existência e da consciência que até ali lhe eram completamente desconhecidas, Castorp passa por uma espécie de iniciação. Revelam-se, para ele, camadas de consciência de cuja existência ele não suspeitava. O quinto capítulo desse romance sintomaticamente tem como título *Ewigkeitssuppe und plötzliche Klarheit*, em português "A sopa da eternidade e a súbita clareza". Nele o autor descreve como, ao cabo de seis semanas de internação, o protagonista encontra, na trama do tempo, a eternidade do presente — e o presente da eternidade.

AS MÚLTIPLAS DIMENSÕES DE CADA MOMENTO

O encontro com esse outro tempo, que é o tempo da subjetividade, também diz respeito aos procedimentos literários de Max Blecher, em sua obra literária de um modo geral e em especial neste *A toca iluminada*. A temática dos sanatórios perpassa a maior parte da obra de Blecher, prematuramente falecido com apenas 28 anos de idade, depois de passar quase oito anos internado em diferentes instituições e, portanto, distanciado, como o Hans Castorp de Mann, das urgências, dos alvoroços e da loucura suicida da Europa dos anos 1920 e 1930.

Sua permanência prolongada em sanatórios — ele foi diagnosticado com tuberculose óssea aos 19 anos de idade e passou a maior parte dos oito anos de vida que ainda lhe restariam internado na França, na Suíça e na Romênia — evidencia, entre outras coisas, a proximidade e mesmo a promiscuidade entre a vida e a morte, presença evidente nos sanatórios. Ainda que, como ele descreve, no sanatório onde ele esteve internado, em Berck-sur-Mer, na França, os pacientes agonizantes fossem afastados dos demais, e instalados numa ala separada, onde passavam seus momentos finais, as notícias se espalhavam continuamente entre os demais internos e o próprio Blecher dá seu testemunho dos momentos finais da vida de vários pacientes. Como, por exemplo, na narrativa em que ele escuta a agonia do tuberculoso que ocupa o quarto contíguo ao seu, ou quando ele descreve sua participação no desespero de um pai sifilítico que, não podendo doar sangue ao próprio filho moribundo que, se ele o fizesse, contrairia a doença, parte numa carruagem em sua companhia para tentar encontrar um homem que poderia doar sangue ao jovem, mas que, afinal, estando adoentado, não tem como fazê-lo.

Ao focalizar cada instante narrado, como quem coloca uma espécie de lupa imaterial sobre a própria passagem do tempo, Blecher descobre (e revela para seus leitores) as múltiplas dimensões contidas em cada momento e, consequentemente, no próprio tempo. Sua escrita é um ato criador que extrai dos abismos, das trevas e do nada toda uma constelação iluminada: aquela de uma vida interior que fulgura na escuridão.

Tudo e nada serve como matéria-prima para esse gesto do escritor. O passe de mágica de Blecher, não por acaso, parece análogo a um misterioso aparelho de rádio que é descrito por um açougueiro num sonho que Blecher narra neste livro. Esse açougueiro é o proprietário de um estabelecimento que também funciona, em dias alternados, como loja de artigos fúnebres. Do estranho aparelho de rádio do sonho de Blecher sai, quando ele é convenientemente sintonizado, uma pletora de produtos, de sardinhas em lata a salsichas; de bicicletas a garrafas de champanhe.

Assim como esse açougueiro, que pode criar mundos infinitos por meio de seu aparelho simplesmente girando um botão, ou assim como um prestidigitador, Blecher tira, não de sua cartola, mas de sua caneta, universos inteiros, já que realiza o salto mortal que leva do instante à eternidade nele contida.

Na narrativa de Blecher talvez a metáfora mais eloquente da permanente interpenetração entre a vida e a morte, entre o efêmero e o eterno seja mesmo esse bizarro açougueiro, cujo duplo é um agente funerário e cujo estabelecimento alterna, em diferentes dias das semanas, a venda de carnes e a de ataúdes, velas, coroas de flores e outros utensílios fúnebres. A morte que gera novas vidas, por sua vez inexoravelmente destinadas à extinção, está representada nessa alternância perpétua.

Ao mesmo tempo, a intimidade e a plena aceitação de Blecher dessa promiscuidade entre a vida e a morte é expressa várias vezes com eloquência ao longo de sua narrativa, como naquele trecho em que ele narra o prazer que sente ao comer um pedaço da carne crua de seu cavalo recém-falecido, cujo cadáver foi vendido a um açougueiro de Berck.

«QUANTO TEMPO DURA A ETERNIDADE?»

A participação do narrador nesse mistério da vida e da morte que se contaminam e se fertilizam faz dele uma espécie de iniciado, para quem se abrem dimensões da existência que normalmente permaneceriam veladas. Há algo de hermético em seu fluxo narrativo que costura, por assim dizer, as dimensões da morte e da vida, que a modernidade e a ciência tratam de separar cada vez mais, isolando-as umas das outras, assim como isola os portadores de doenças graves do convívio com outros seres humanos, considerados "normais".

É dessa promiscuidade que nasce a perfeita liberdade criativa de Blecher, que se desenrola como uma série de fragmentos de um novelo infinito. E esse novelo não é outro senão o próprio livro do mundo: a obra de Blecher é como um pedaço de eternidade colocado entre parênteses que, por isso mesmo, não tem começo nem fim.

Partilhar dessa eternidade é o grande presente que Blecher oferece, generosamente, a seus leitores — logo ele que, tão cedo em sua vida, foi privado de tudo: da saúde, das alegrias da juventude, do amor, da flor da vida.

Aliás, se é que é possível classificar de alguma maneira a em tudo extraordinária narrativa de Blecher, então no gênero do testemunho — essa antítese do triunfante *Bildungsroman* ou romance de formação oitocentista, devotado ao protagonismo do indivíduo: seus livros, ao contrário, tratam da precariedade e da fragilidade da vida, da vitimização do homem pelo destino, do triunfo inexorável da morte, mas, ao mesmo tempo, do potencial de eternidade que habita cada instante. Como no diálogo entre

Alice e o coelho, em *Alice no país das maravilhas,* de Lewis Carroll, quando Alice pergunta: "Quanto tempo dura a eternidade?" e recebe como resposta: "Às vezes, um instante".

SOBRE O AUTOR

Nascido em 1909 em Botosani, Romênia, primogênito do casal Bella e Lazar Blecher, uma família de judeus secularizados, Max Blecher foi uma criança amada e talentosa. Numa entrevista concedida em maio de 1997 a Radu G. Teposu, da revista cultural romena *Cuvîntul,* ou "A palavra", Dora Wechsler Blecher, irmã do escritor, nascida em 1912, diz:

Tivemos uma infância feliz. Nossos pais amavam Maniu (o apelido de Max) mais do que tudo, ele era um menino bonito, inteligente, amigável e um excelente aluno. Ele era sempre o primeiro da classe, e passou os exames de conclusão do ensino médio de maneira brilhante. Ele sempre tinha amigos mais velhos. Lia muito e, aos doze anos de idade, começou a escrever poemas e ensaios. Lembro-me de como ele enfiava seu caderno debaixo do braço e saía em busca do sr. Epure, seu professor de romeno, para pedir conselhos literários. Maniu também era amigo do redator-chefe do jornal diário *Vocea Romanului,*[13] Sereanu, ainda que este fosse muito mais velho do que ele. Aliás, apesar de ainda ser tão jovem, meu irmão era responsável pelas críticas de cinema desse jornal.

Tão logo concluiu o ensino médio, Max Blecher dirigiu-se a Paris para estudar medicina. Lá, em 1928, foi diagnosticado com tuberculose óssea. Imediatamente os médicos o despacharam para um sanatório em Berck-sur-Mer, na costa francesa do Canal da Mancha, onde ele permaneceu internado por vários anos. Em 1933, ante um quadro clínico cada vez mais grave, e sem perspectivas de melhora, foi encaminhado para um sanatório em Leysin, nos Alpes suíços, e de lá para um sanatório em Techirghiol, na costa romena do Mar Negro. Finalmente, tendo chegado à conclusão de que os sanatórios não poderiam ajudá-lo, voltou para Roman, a cidade onde vivia sua família,

13. Ou "A voz de Roman", nome da cidade onde vivia a família Blecher.

para dedicar-se à escrita. "Nosso pai lhe comprou uma casa com um terraço na rua Costache Mortun, numa região sossegada", diz Dora Wechsler Blecher na mesma entrevista. "Ele tinha uma cozinheira, que morava com seu marido na mesma casa. O médico o visitava diariamente. Ali ele recebia seus amigos, escrevia, tocava violino e até violão, desenhava e conversava com seus convidados." Numa carta a Geo Bogza, um amigo que o ajudou a publicar seu primeiro romance, o fenomenal *Acontecimentos na irrealidade imediata* (Ayllon, 2022), Blecher descreve a casa onde viveu os últimos quatro anos de sua vida:

A casa se encontra no fim do mundo. Há nela a tranquilidade do campo. Uma brisa úmida sopra dos campos de cultivo; ouvem-se as trombetas dos regimentos, mas eu me sinto bem. Vivo muito solitário, mas espero que vocês logo venham me visitar e acrescentar um pouco de vida a este silêncio. Espero por vocês! A casa é muito agradável, os cômodos são bem iluminados, tudo é fresco, robusto, transparente e agradável. Acho que vocês vão gostar. Logo as quatorze árvores do jardim devem florescer e a relva brotar.

Passados dez anos de seu diagnóstico, Max Blecher faleceu em 1938, com apenas 28 anos de idade.

BIBLIOGRAFIA

BLECHER, Max. *Beleuchtete Höhle*. Frankfurt am Main: Suhrkamp, 2008.

MANN, Thomas. *Der Zauberberg*. Berlim: S. Fischer Verlag, 1925.

SONTAG, Susan. *A doença como metáfora*. Rio de Janeiro: Graal, 1984.

WICHNER, Ernest. *Reihe 19, Platz 17 — ein Grab auf dem jüdischen Friedhof in Roman: Max Blecher jenseits der Autobiographie*. In: BLECHER, Max. *Beleuchtete Höhle*. Frankfurt am Main: Suhrkamp, 2008.

Ayllon

1. *Cabalat shabat: poemas rituais*
   Fabiana Gampel Grinberg

2. *Fragmentos de um diário encontrado*
   Mihail Sebastian

3. *Yitzhak Rabin: uma biografia*
   Itamar Rabinovich

4. *Vilna: cidade dos outros*
   Laimonas Briedis

5. *Israel e Palestina*
   Gershon Baskin

6. *Acontecimentos na irrealidade imediata*
   Max Blecher

7. *O Rabi de Bacherach*
   Heinrich Heine

8. *Em busca de meus irmãos na América*
   Chaim Novodvorsky

9. *Mulheres*
   Mihail Sebastian

10. *A toca iluminada*
    Max Blecher

Adverte-se aos curiosos que se imprimiu 1 000 exemplares deste
livro na gráfica Expressão e Arte, na data de 17 de julho de 2024,
em papel Pólen Soft 80, composto em tipologia Minion Pro, 11 pt,
com diversos sofwares livres, dentre eles LuaLaTeXe git.
(v. 0d86dec)